JN035048

鍔削ぎ剣法

つば そ

六郎太が行く

Ibuki Sho
伊吹 昭

風詠社

目次

装幀　2DAY

鍔(つば)削(そ)ぎ剣法
六郎太が行く

主君の暗殺

脇坂六郎太が、家士の佐々伊平と郎党の卯助に急き立てられ、方形寺住持一岩が強引に手配りした塩屋清三郎の北前船に乗船したのは宵の口であった。

漁師や仲買人、水主たちが忙しく立ち振舞う雑踏の中を追手を逃れ三人は必死に走った。

「何でぇ、人を突き飛ばしやがって。太てえ三一侍め」

荒くれ水主が三人を罵しったが、伊平は委細かまわず二人を急き立て走りに奔った。

普段の冷静沈着な伊平の人が変った様相に、只ならぬ事態が己の身辺にも生じていると感じ、無言のままに伊平の後を追った。

前方に能登半島が横たわる七尾湊は、冬の季節風を防ぐ天然の良湊として栄えている。

「あのクソ坊主め、厄介な荷物を押しつけくさって」

船頭の吉平は悪口をたたいた。

方形寺の一岩の一徹ぶりを知らぬ者は藩中にはおらず、大問屋の塩屋もしばしば一岩の横車に泣かされつつも敬愛してもいた。

「わしが頼むと申せば頼むである。嫌ならいやとぬかせ」

と坊主らしくない乱暴な言い草で、仏頂面の船頭吉平を怒鳴りつけ強引に六郎太たち三人を乗船させてしまったのであった。

煎海鼠を夜積みした塩屋の廻船は、朝靄の中、次の寄港地輪島にむけ出て行った。

うず高い積荷の間で一睡もせず、脇坂六郎太は急転した昨日来の出来事を考えていた。どうしてこの様なみじめな形で国許を去らねばならぬかと思うと、無性に腹が立った。

六郎太たちは、二代将軍秀忠の四男保科正之が高遠三万三千石に入封した時、正之の弟正芳と母堂は能登の地に一万石を分知され、以来穏かな日々を送っていた。

父頼母は能登守正芳の佑助として、八百石を与えられ外記を称し主君正芳の側近くで勤んでいた。

脇坂頼母は、私慾にとらわれぬ古武士然とした剣客で、羽柴秀吉が天下人の礎を築いた、織田信長の宿老柴田勝家を敗った時、秀吉に近習していた脇坂安治を始祖とした。

安治は当時、決戦場賤が岳で後に芸備五十万石福島正則、肥後五十二万石加藤清正、伊予松山二十万石加藤嘉明と並び称された七本槍の一人であったが、領地は僅か三万の淡路洲本城主であった。

安治が秀吉子飼いの福島、加藤より年長者であり、しば〳〵秀吉の命に平然と異を唱え、自らの信じる道を突進したことが、福島、加藤等と大きな領地の差になったと考えられる。

のちに、その事を口にする者に、

「他は他人、自分は自分」

と少しも意に介すことはなかった。

関ヶ原合戦後、徳川幕府の時代が来ても、太閤秀吉時代に朝鮮の地で、彼我の民、武将が舐めた辛苦を終生忘れることはなかった。

家康によって二万石が加増され、大洲城主となったが、加増後も暮らしぶりは変ることはなく、質実剛健、人倫、政治規律を重要視をして、民生の良化に努めた。

家康が大権現として、駿河の地から日光へ遺柩し改葬された大事の軍列に脇坂甚内安治は、家康の遺命で具奉したのであった。

家康が南蛮人から進呈された珍品に、虎の皮があった。それが後日、天海大僧正の奨めもあり、二代将軍秀忠から、美事な槍に比して、槍鞘が質素な貂の毛皮であった為、虎の皮が似つかわしいと脇坂安治に下賜されようとした事があったが、

「分不相応な御品にござる」

と拝領を固辞した。

それでも、小なりとは言え、日頃の姿勢が、将軍に認知された事が余ほど嬉しかったのであろうか一層、武将らしさを大事に生きた。

安治は元和三年、家督を安元にゆずり、京都の西洞院に隠棲し、花鳥風月を友に武将の

身心を洗い直したという。その安治が隠棲に際し、

「それがしの武士の士魂も終ってございまする」

と終始膝下から手放す事のなかった愛刀を将軍に献上した。

「おお、鍔削ぎと異名をとる備前清光の業物か」

と秀忠は大層喜んだという。

七十三歳の天寿を全うした安治の四十数年後、脇坂家は寛文十二（一六七二）年、播州龍野五万三千石に転封された。

その時脇坂安政が、弟安次に八千石を分知したが、その安次の弟であった頼母は領地領分より己の良とする生き方を求め、剣の道を選び江戸に学んだ。

のちに三代将軍家光の異母弟、保科正之にみとめられ八百石で遇されたが、弟君正芳と共に暗殺されたのであった。

剣法霞流の開祖を称す父頼母は藩剣法指南役として、家士を厳しく鍛えていたがなぜか、

「未だその時では無い」

と六郎太を藩道場での稽古に参加させず、父の刀法を眼にすることも無く、只管父の厳命で刃引をした重い真剣を上下、左右にと振り続ける日々であった。

時には生け捕った猪や大鹿の首を両断する事を命じられた。

血しぶきを浴びる六郎太に、父は平然と、

「生命を絶つのが刀の役割じゃ」

と言ってのけた。

その父が主君と共に何者かに突然殺害された。

主君保科能登守正芳（ほしなのとのかみまさよし）は、母堂の供養会（くようえ）に十五人の供揃えで菩提寺（ぼだいじ）に詣でていた。

郎党卯助は脇坂頼母に付き添い、菩提寺山門外に控え、供養を終えた主君の行列の通り過ぎるのを低頭し見送っていた。やがて石段を降った行列が、隊列を組み直し静々と歩み始めた。

と、突如十数人の曲者が放銃音と共に、行列に抜刀乱入してきた。

主君の篭を守護していた家士が、次々と鉄砲や鉄矢に射られ、黒装束の集団に倒されていった。

突然の襲撃に狼狽する家士の中で、ただ一人抜刀した脇坂頼母が、

「うろたえるな。殿をお守りいたせ」

と声を張り上げ主君の篭脇きに、立ちはだかる姿を卯助は見たが、為す術もなく山門の大柱の陰で身をすくめていた。

頼母が二、三人を斬り伏せた時、銃弾三発を受け転倒した。

狼藉の群れは、倒れた家士に次々と止めを刺し、篭の中の正芳を引き出し切り裂いた。

襲撃者の頭領らしき大男が、深編笠の中から手にした鉄扇をかざし、何事か指図をして

いた。

黒装束の何人かが、倒れた頼母と正芳の身体を乱暴に改めた。

その中の一人が、無礼にも主君正芳の髻（もとどり）を把みバサリと切り落し中を改めると放り投げた。

立ち上がろうとした頼母に深く刃を突き刺すのも望見できた。

急を告げようと走り去る家士の背に、次々と鉄矢が突き刺さった。

白昼、放銃をものともせぬ狼藉は、誰しも予測だにせぬ襲撃であった。

襲撃集団は、殺戮（さつりく）の限りをつくし頭領の一声で、さっと姿を消した。

血塗られた山門外の路上に立ち竦（すく）んだ卯助は頼母の無惨な姿に号泣していたが、我にかえり急を知らせるため屋敷に駆け込んだ。

「慮外（りょがい）もねえ事だ。後の祭りじゃ」

刺された槍の穂首を切断し、握りしめた無念の形相すさまじい頼母の姿を振り払うように卯助は夢中で走った。

佐々伊平からの急報で六郎太が駆（か）けつけた時、父は大量の血潮の中で絶命しており、曲者は顔面を剥（は）ぎとられた仲間三人の死体を残し忽然（こつぜん）と姿を消していた。

「若、早う父上の腰の物を、主君の大小をお守りなされい」

叫んだ伊平は、主君正芳の袂（たもと）を切り裂くと大小を手早くくるみ、正芳と頼母の髻（もとどり）を懐に入れると、頼母の大小を抱えた六郎太を突き飛ばすかの様に惨殺の場を離れた。

「敵はめざす品を手に入れてはおりませぬ。猶予はございません。一刻も早く方形寺に参りましょう」

伊平は卯助に仏壇の先祖の位牌と身の回りの品を背負わせると、浜へ向かう急坂を転がるように方形寺に走った。

方形寺の一岩和尚は張り裂けんばかりの怒りの面相で何もいわず、七尾湊の塩屋の廻船に三人を強引に乗せた。

「後の事は塩屋清三郎にすべてお任せなされ。成人をなさいましたら江戸に出て、車善七を頼りなされ」

「車　善七――」

「今のお前様では、どう足掻いても仇討ちは覚束ない。善七は拙僧の兄弟分で、碌でもない極道じゃが、頼れば骨味惜しまず力になってくれましょう。江戸の浅草じゃ」

とにかく正体不明の暗殺者共から、逃げおおせよ。

相手は、すさまじい皆殺しを狙う悪鬼の群れじゃ。命あっての物種じゃぞよ、と流石の一岩も顔色を失なっていた。

船倉の薄灯の中で無口な佐々伊平に六郎太は尋ねた。

「丁度一年前になる。殿の寝所に忍び込んだ曲者三人を父が成敗なされた。物盗りを斬ったと申されたが、曲者は何を盗もうとしたか聞いてはおらぬ。そちは耳にしたか」

「いずれお話をする時もございましょうが、今は殿と父上の遺品を守り、まず暗殺者から身を守るが第一と存じます」

「不甲斐ない事だなあ」

父の惨殺体を葬ることもならず脱藩する。

病弱であった母が、この悲劇を知らぬまま方形寺に眠ることが、六郎太にはささやかな慰めであった。

訳の分からぬ怒りと嘆息をもらす六郎太に、郎党の卯助も菩提寺山門下の惨劇を改めて思い出し無言で頷くだけであった。


七尾湊を出た廻船が、能登半島を迂回し輪島をへて敦賀湊に到達した時、水主見習いとして、塩屋の船に乗組むことを手早く決めた若い卯助を残した佐々伊平はいった。

「若、私どもは新潟湊へ塩屋の北前船に乗りかへ引き返します。卯助だけは此のまま、塩屋の水主として残りますが新潟では、あなたは塩屋の若旦那、私は番頭の身となって、万事、塩屋清三郎の差配に従います」

「どうして、商人に身をやつしてまで面倒なことを致さねばならぬ」

「異なる事ながら急遽、船番所の検問強化が幕府より命じられましたのは、主君正芳様の暗殺には、容易ならざる魔の手が動いているように思われまする。江戸へ向かう塩屋の廻船の船改めで、我々の身分が判明すれば塩屋も無事には済みませぬ。ひとまず商人態となり塩屋の差配に任すようにとの方形寺一岩持住からの託文でござる」

六郎太は、今の船上の息苦しさにうんざりしている矢先きに、又ぞろ北へ後戻りせねばならんのかと落胆した。

それでも、新潟へ向かう廻船では、塩屋の客人として二人に小部屋が与えられた。

他者の眼を気にせぬ小部屋で、佐々伊平は初めて主君と父頼母の遺品の包みを解いた。

恭々しく並べた二人の刀身をぬぐうと、鍔と柄をはずした。

じっと見入る六郎太に、伊平は二刀の茎を指で示した。

そこには、備前長船五郎左衛門尉清光と不世出の名工の名があった。二代将軍秀忠に脇坂安治が献上した品であった。

茎は短めに仕立てられ、片手打に最適の二尺二寸余（約六七㎝）、身幅は広く、鎬は強く張り反りは高く鋒が延び、力強く刃味のよさを感じさせた。

父の差料の鎬地に僅かな切り込み痕跡があった。だが刀身そのものには何の損傷もなく実用上の優秀さを物語っていた。武将が身を託すに充分な名刀とみえた。

この刃で父は無頼の集団から主君を守る死闘を演じ死んだのだ。と思うと父の無念さに六郎太は泣いた。

「この二刀は大殿保科正之様が、三代家光公より賜った別名鍔削ぎ清光と申す御品にて秀忠さま所蔵の御品でありましたが、鐔をごらんなされませ。素朴な地鉄の一品は山城金家作と伝えられ強靭無比、如何なる名刃にも耐えるものでございます。鞘をご覧なされ。黒鮫皮研出し鞘でござるが、やや太く頑丈な拵えは故あっての事。

大殿が家光公より直に示された一文が、正芳様、頼母様ご両人の二刀に二分され封じ込められており、天下の秘事と伝えられておりまする」

「なに、その秘め事を父上はご存知であったのか」

「はい。よって此の二刀によって妄に斬り合うことは厳に戒められております。万が一にも鞘が破損する事を避ける為にございます」

「それでは父は今際の時にも此の差料は抜けなかったのか」

「いえ大事な二刀を守り抜くためにこそ、必殺の抜刀をなされました」

「そうか。父上はめったに抜く事が適わぬ刀を生涯守り通されたのか。霞流開祖の奥儀の技とは一体何であったのか」

佐々伊平が、父脇坂外記と共に正之に仕えて久しい。

まさか三代将軍家光の密命を預かっていようなどとは考えも及ばない事であった。

「それは追々にお分かりになりましょう。今は亡き頼母様のご使命を我々は守り通し、卑劣な暗殺者を探し出し、仇を討つことでありましょう」

「伊平、それがしは父上から、明けても暮れても真剣での下段からの抜刀の逆袈裟ばかりを命じられた。十五にもなり、元服もしたのに藩道場へも、その時に非ずと稽古も許されなかった。見よ、右手指は土石に擦すられこの通りじゃ」

「それは良うござった。下段ばかりではなく、上段からの唐竹割りの型、左右への撃剣も真剣で存分に鍛錬なされた筈でござる。これからは此の伊平が、人を斬る剣法をたっぷりと教えて進ぜましょう」

「なに、その方がか」

「いかにも。佐々伊平は霞流唯一の免許皆伝の身にござる。霞流は型ばかりの道場剣法ではありませぬぞ」

呆気にとられる六郎太を尻目に、伊平は丹念に刀身を磨き上げ、そろりと鞘に納めた。


「父上は自ら望まれ、一剣客の身に甘んじこられましたが、脇坂五万三千石播州龍野藩主、元老中脇坂安政より分知された別家当主であられました。

六郎太様はどこまでご存知であるかは存じませぬが、脇坂家の始祖は太閤秀吉様、大権現家康公の時代より連綿と続いた、かの有名な賤ヶ岳七本槍のお一人、脇坂甚内安治と申す武将でござる」

「では我が父外記どのは、その大名脇坂家の分家当主であったと申すのか」

「如何にも。大殿保科正之副将軍が、弟御正芳様の佑助としてお父上を能登に仕わされたのも、深い事情あっての事にござる。よって今回の暗殺事件も複雑な裏面が有るやに存じます」

六郎太は、伊平から聞かされた脇坂家の由来も、父外記の生涯背負った使命についても、目の前に生じた暗転に混乱し、ただ呆然としていた。

廻船問屋塩屋

新潟湊の塩屋清三郎の店には、傷だらけの方形寺一岩が修験姿で待っていた。

「和尚、その姿はなんと」

驚く六郎太と伊平に一岩は白い歯をみせ、つるりと頭を掻いた。

「いやあ悪餓鬼共に思わぬ不覚をとりましてな。今も清三郎どんとも話しておったのだが、敵は並々ならぬ相手のようだ。高遠藩三万三千石はおろか、こたび山形二十万石にご加増が内定した保科正之様の身に関わる一大事やも知れませぬ」

「なにい。天下の大きな闇の手が動いていると申すのか」

「はい。愚僧の杞憂なれば良いのですが、保科正芳様の暗殺は、明らかに天下の陰謀集団柳生の手になるものと推察いたしまする。一刻も早く塩屋さんの酒田の店に身を隠す外ございませぬ」

一岩は藩主と頼母の殺害に強い衝撃を受けた。

何より鉄砲まで持ち込んでの襲撃は、藩外の刺殺団の仕業だと考えた時、一岩が思い浮かべたのは、修験時代に体験した柳生陰集団の暗い影であった。

一岩は早速、越後月潟村に足を向けた。

越後一宮の弥彦神社の広大な社地の一角にある修験寺六角堂が、直感的に脳裡に浮かんだのである。

月潟村は身軽な曲芸で小銭を稼ぐ小児の角兵衛獅子発祥の地でもある。

一岩は迷わず六角堂に足を向けた。

そこでは、しま模様のもんぺに錏の紅染めの中央に黒繻子があしらわれ、小さな獅子頭をのせられた児の七、八人が、黒づくめの男に指揮され技をみがいていた。

いずれも口べらしの為に売られた、貧民の児である。

それをみていた一岩は、突然ぞくっとする殺気を感じとった。

黒づくめの男だけでなく、芸を鍛えられる児の眼にも殺気が漲っている。

「やはり柳生陰集団か。出羽の地に柳生とは面妖なり」

と、男の号令の声に児らが一斉に地に這った途端、無数の石礫が一岩の顔面を襲った。

七尺ほど一跳びした一岩に鋭い矢が襲った。

すかさず手にした杖で叩き落した矢は鉄製の忍矢であった。

「おのれ、何故拙僧を襲うのか」

「知れたこと。われらの跡を追ってきた方形寺の坊主であろう」

一岩は頭（かしら）と思える男に杖（つえ）の一撃をふるった。

ガツン、と柘植（つげ）の古木に鋼鉄を仕込んだ杖は、男の腕で弾（はじ）き返された。袖（そで）の下は鉄製の甲臂（こて）であった。

「南無三（なむさん）」

抜き打つ男の忍刀（しのびがたな）を杖ではじき返すや、一岩は一散（いっさん）に逃げた。

次々と石礫（いしつぶて）が背後から襲ったが、一岩は林間を右に左にと鉄矢を避け必死に逃げた。

「思った通り、六角堂寺は柳生の塒（ねぐら）のひとつに相違ござらぬよ」

と石礫の傷をさすりながら、

「出羽山形に奴等が塒を張りめぐらすとは、明らかに天下の柳生にとって、不都合な品が保科様の手中にありと目星を入れての、今回の襲撃でござろう」

「柳生にとって不都合なものとは、伊平、父上の差料の鞘に納められている秘密の書付けの事じゃな」

「ご推察の通りでござろう。鞘内の一文は一刻も早く保科の殿にお預け致しましょう」

二人のやり取りを、やきもきしながら聞いていた一岩和尚は強靭（きょうじん）な杖を差し出した。

「六郎太様、この鉄込杖を進ぜよう。大問屋塩屋の若旦那が二本差の武家姿でもござるまい。

この杖はなまなかの刀では切れませぬぞ。なにしろ飛騨（ひだ）の匠（たくみ）が心血注いだ細工（さいく）で、名品千草鉄を十回も折り返し鍛錬し、折れず曲らぬ鋼を木部に埋め込んだ、この世に二本とない強靭な杖で、拙僧の守り杖よ」

一岩は磨きこみ黒光する杖を、六郎太に渡すや、

「猶予はない。一刻も早よう追手から逃れ北の酒田に向かわれよ」

と叫んだ。


塩屋清三郎方の大番頭に伴われた酒田湊は、寛文のころ河村瑞賢によって開かれた。西廻り北前船で出羽国の幕領米を江戸に直送して以来、新潟湊を上回る隆盛を極めていた。

最上川河口と新井田川の合流する地点に位置する日本海廻船の最重要の酒田湊は、後背地の庄内平野の穀物だけでなく、ウルシ、サラシ、蝋、それに全国的に知られたべに花などの積出湊であった。

武家地より町人地を優先した町割に特色があった。

最上川筋に東西八間幅の本通に、廻船問屋など富商を集め、南北に多くの小路があった。湊には年間二千五百から三千艘もの北前廻船が出入し、一日平均十三、四艘が停泊していた。

多種多様な物資が松前、丹後、石見、越前、越後、加賀等の諸藩から西に東にと絶え間なく出入し寄港船で賑わっていた。

塩屋清三郎の問屋は、本通りの中ほどにあり、堂々たる構えは問屋仲間での位置づけを示している。

六郎太と伊平の通された部屋には、各国の名珍品がところ狭しと並べられ、さすが塩屋の本拠を思わせていた。

酒田店の大番頭弥一郎は、出羽(でわ)国一の分限者本間(ぶげんしゃほんま)家の手代(てだい)を勤めあげ塩屋に招かれたという初老の穏かな人物であった。

「如何なる筋(すじ)の者も、この酒田の塩屋へ追っては参りますまい」

と大番頭は自信を見せた。

何しろ酒田湊は、本間家を抜きに語れない。

巷(ちまた)の俗謡(うた)に、

「本間さまには及ばぬまでも、せめて成りたや殿様に」

とうたわれた誇りある本間家は、並の大名も一目おく名家で格式も高い。そこで手代を勤めた大番頭の自信であった。

「いや我等二人は、塩屋の若旦那と番頭見習いとして匿(かく)まわれます身。存分に扱(しご)いていただきたい」

低頭する六郎太と伊平に、

「身を隠すには人の中と申します。それはそれとして、厳しい商人(あきんど)の道に遠慮はないと心得えくださりませ」

と笑って大番頭は如才ない雑談をし去っていった。

翌朝、大番頭弥一郎は一人の女性を伴って顔を出した。

「六郎太様は別として、見習いとは申せ番頭の佐々様に妻女が居ないと端(はた)の信用がございません」

「妻帯はのぞみたいが、その機会が無くてのう」

と佐々伊平が頭を掻きながら打ち明けたのは昨日の事であった。

早速、二十前後と思える女性を前に番頭は、

「善は急げと申します。身許(みもと)に遺漏(いろう)なき本間家所縁(ゆかり)の女性にございます。お気の召(め)すままにお使いくださります様に、との旦那さまの言伝(ことづて)にございます」

といった。

ちらりと横目で女性をみた伊平は、年甲斐もなく赤面し額に大粒な汗を浮かべ、たちまち上気した顔を畳にすりつける様にして、

「忝(かたじけな)い。いや有難うございます。遠慮なく頂戴仕(つかまつ)る」

と女性と番頭に低頭し、六郎太に顔を向けると、

「のう、六郎太様」

といった。

六郎太は思わずプッと吹き出した。

「頂戴仕るはよかったのう伊平。明けても暮れても嫁御にはとんと縁がない暮しであったからのう」

男ぶりの良い好男子の伊平に、満更（まんざら）でもない女性は顔を赤らめ、

「何卒よろしくお願いいたします。千春（ちはる）にございます」

といった。武家の出のようでもあり、商人の子女とも思えた。

やがて、六郎太と伊平が、大番頭の案内でたどりついたのは、最上川を二里（八㎞）ほど遡（さかのぼ）った広々としたのどかな田畠の村であった。隠れ里には打って付けの場所である。

藁葺（わらぶき）の一軒家が、きれいに掃除がされており手代、丁稚（でっち）たちが細々（こまごま）と家具調度品を納めてくれた。

早速、連れ出された広い畠一面に紅花（べにばな）が勢よく育ち、その奥には背丈ばかりに生育した大麻草（たいまそう）が繁っていた。

見渡す限り果てしない畠は、全て塩屋の所有と番頭は話した。

「三人には此の畑作を、近在のお百姓と一緒になってやって頂きます。紅花は一面に花が咲きますれば、そりゃ美しゅうございます。が、寝る間もない忙しさでございます」

武芸鍛錬と百姓修行には最適の地と存じますと言い残し番頭は帰って行った。

「いやぁ、のっけから百姓仕事とはのう。若旦那稼業も楽でなさそうだ。のう伊平」

言いつつ六郎太は、久しぶりの開放感を爽かな空気を吸い大きく背伸びをしていた。

「収穫には近在のお百姓が、賃働きにワンサカ集まりますゆえ、ご心配には及びませぬ。それ、そこの大麻は茎の皮をむき、麻縄や織物の原料になりますが、実は摺鉢ですれば香ばしい調味料になります。葉は神経を麻痺させる漢方薬に変じます。捨てるところの無い大事な作物なのでございますよ」

千春は六郎太に優しい姉のように振舞ってくれた。

四月半に播いた紅花は六月から八月に摘み取るという。

摘みとった花をタライの水で踏み汁を取る。汁は自家用に使用し、花を清水にさらし、蒸し上げた花を一定期間発酵させ餅状にし上方へ送るのだと千春は話してくれた。

「随分と手間がかかる品物だなあ」

という六郎太に千春は、

「明日からは早朝から畠で汗を流し、夜は伊平さまと剣法修行とか。商人、お百姓そして武士の三刀流ですわねぇ」

六郎太を気づかう千春は素直で、次第に六郎太は元気が出てきた。

厳しい稽古になりまするという伊平も、久方ぶりに腕がなる様子だった。

「楽しい日々ですわね」

「伊平、痛い目に会うは、その方かもしれぬぞ」

思い切り伊平を打ちのめしてくれるぞと、一岩の呉れた鉄込杖の素振りを夕暮まで続ける六郎太を残し、伊平と千春は二人睦じく、夕飯の下準備にと連れ立って野菜畠に出かけていった。

十五歳の若々しい血潮は、眼前に父を殺害した姿の見えぬ仇敵が居るかの怒りに燃え、一心に鉄込杖をふるっていた。

「霞流皆伝の技は、この脇坂六郎太が貰い受けるぞ」

誰も居なくなった麻畠に向った六郎太は、大声で吼えていた。

六郎太は想定をはるかに超える、佐々伊平の激しい太刀打ちの稽古に面喰った。伊平が六郎太に手渡したのは、刃びきをした真剣であった。

「真剣で打ち合うのか」

「霞流は、必死必殺の剣法にござる。父上の稽古にそれがしは、幾度、失神いたした事でございましょう」

「――――」

「父上は申されました。一旦鯉口を切れば冥府への入口と心得よ。相手の刃の下にこそ霞流ならではの道があるのじゃ。自ら刃の下に身を投じよ。と」

鋭く激しい眼光が放つ、迅速果敢（じんそくかかん）な刃風に翻弄（ほんろう）されながら、未だ〳〵と六郎太は必死に伊平に立ち向かった。

塩屋での商人（あきんど）修行も半端（はんぱ）でなかった。

時には産地へ、廻船に乗り組み各所の湊（みなと）へと、伊平に叩きのめされながら、無我夢中に明け暮れた六郎太は、十七歳になっていた。筋骨たくましい青年となった六郎太に、伊平はいった。

「もう六郎太様は独り立ちの時にござる。鉄込杖だけでは武士として、心許（こころもと）ないと存じます故、父上の大小をお渡し申します。如何なる名工の鍔をも断ち切る清光の秘刀でござる。真剣の刃風を存分にお試しあれ」

西廻りの北前船で急遽江戸に向かう伊平は、父頼母（たのも）の差料（さしりょう）を六郎太に手渡した。

天下の秘事が封じ込められた父の鞘は、伊平の手で造りかえられており、主君正芳の大小と共に保科正之（ほしなまさゆき）に手渡されることになっている。

久し振りに父の差料の重量を腰に感じながら、見えぬ敵を抜き打った。

ズンと手応えのある地摺（じす）りの逆袈裟（ぎゃくけさ）から瞬時の右八双（はっそう）、真向唐竹割（まっこうからたけわ）りの太刀行きで相手の大刀の抜身を、鍔（つば）ごと腰で斬る。

鍔は如何なる鋭い白刃の撃にも耐える造作になっている。その鍔を断ち切る極意こそが、霞流鍔削（つばそ）ぎの必殺剣であった。

丹田（たんでん）と下半身で刃筋（はすじ）を通し斬り下すや、左手一本で左の敵をなで斬り、反転させた刃で右の相手を逆袈裟に斬り上げた。

勇み逸（はや）る心をじっと押え、反復動作に汗を流しながら、幾度も伊平に打ちのめされる日々が続いていたのだ。

時には水に浸（ひた）した古畳を両断し、畳表を巻筒にし逆袈裟に斬り上げ、返す刃で水平に斬った。

残心（ざんしん）の後に刀を右こめかみに回し振り下し、血振（ちぶり）した刀身を静かに鞘（さや）に納める。

六郎太は独り飽（あ）くことなく、父の遺刀を振り続けた。塩屋の大麻草畠での鍛錬は、六郎太にとっては息抜きの日々でもあった。

霞流の奥儀（おうぎ）にどこまで近づけたかは知る由（よし）もなかったが、六郎太には、その様なことはどうでも良かった。

真剣の刃風の下に平然と身を置き、果断に敵を斬る無想の境地に己がほど遠いことを実感していた。

今は只、眼に見えぬ敵に向けて打ち振る父の遺刀の刃風が次第に速く、鋭い唸（うな）りを生じる事だけは実感していた。

伊平の謎

商人（あきんど）としての修行と、武士として一心に鍛錬する六郎太であったが、江戸の地から伊平が突然に姿を消した。

「どうしたと言うのだ。何が生じたのだ伊平」

と不信不安を募らせる脇坂六郎太のもとに、方形寺一岩から、一通の書状がもたらされた。

懐かしい一岩の書状には、六郎太の気持を激しく揺さぶる事が書かれていた。

「秘境羽黒山修験（しゅげん）の地で、佐々伊平どのが六郎太どのを待っている。有力な怨敵の姿を追い詰めた様だ。一日も早いそなたの入山を伊平どのは待っている」

出羽三山（でわさんざん）、羽黒山（はぐろさん）、月山（がっさん）、湯殿山（ゆどのさん）は六郎太の密む酒田道上川の源流部である。

伊平は末派（まっぱ）修験者となり、修験の修行をしながら怨敵探索の日々であったと記されていた。

江戸に居るはずの伊平が、出羽で単身で柳生の陰集団を追っていたとは意外であった。

だが、音信の絶えた伊平の消息を知らせる一岩の書状には、伊平のこれまでの動向について何も書かれていなかった。一抹の疑いはあったが六郎太は矢も盾もなくなっていた。六郎太は修験道については一片の知見もなかったが、役の小角を開祖と仰ぐ、自然発生的に成り立つ求道集団で、教理より自らの肉体を苦しめ、自然界に身を投じる事によって、超人間的な術と霊力を得ようとする山岳信仰であると思っている。

その修行の場である出羽三山の中で、伊平が独り苦闘する姿を思うと、六郎太の心は出羽三山での伊平との邂逅の喜びに震えた。

「出羽山に向われまするのか」

塩屋の大番頭弥一郎は、六郎太の唐突な申し出に、一瞬、怪訝な目をむけたが方形寺一岩の書をみて、

「俄修験者とは、いささか困ったお人ですなあ」

と渋々ながら準備を整え、細々と出羽三山の修験道について教えてくれた。

復讐の一念に燃える六郎太の覚悟を聞き大番頭は、一人の助け人を紹介してくれた。

修験者か、商人か、或は武士かさっぱり判らぬ六十年輩に見える人物であった。

「私共の扱う南蛮胡椒の商人ですが、火薬にも通じた怪人でしてなあ。忍者殺しの自然坊の異名がございます」

六郎太に、その自然坊はいった。

「力になりましょう。が、柳生殺集団相手では生きて山内は出られますまいのう」

そういって、胡椒、唐辛子を大麻の絞り汁と菜種油を練り合せた外皮の中に、調合した火薬玉を仕込み、麻縄と和紙の導火線を差し込んだ。六郎太の知る焙烙玉と違い随分と小型であった。

「一足必殺。長引いては、お手前も倒れまするでな」

といった。

三山の参拝道は古くから、八方七口とされ、八つの方向から七ヵ所の登山口があった。中でも羽黒山は、三山の主峰月山を拝する聖なる山であり、地元の人は神の宿る山から魂をもらって生まれ、死ねば魂が山に帰るという素朴な信仰に支えられている。

役の行者小角は、仏教と道教を山岳修行の難行苦行によってひたすら心身の鍛錬ときびしい修練を伝えた。

社会悪に苦しめられる良民たちは、身をもって抵抗し、他者の身代に死ねる悟り、勇気、武闘力を徹底的に学ぶ。

一挙必殺の技を身につけた修行僧を人々は、天狗と恐れ、深山を自在に飛翔、飛躍する姿に驚いたという。

矢も楯もたまらぬ六郎太は、短かな腰刀と一岩の呉れた千草鉄を埋め込んだ強靭な一杖を持って羽黒山をめざした。

大刀を腰にせぬ一抹の不安はあったが、

「この一杖と小刀しか修験の山には許されますまい」

という大番頭の助言と、日々鍛えた身体に自信をもつ六郎太は、自然坊の調合してくれた小型の焙烙玉を懐にして、新緑の萌え始めた羽黒山への道を辿った。

最上川上流の馬見ヶ崎川の、雪どけ水が滔々と流れ、蚕を飼うための桑の木の若芽がふくらんでいる。

酒田の湊に集積する紅花は、まず最上川流域の宏大な盆地の山形の花市に集まる。六月末から土用までに摘まれた紅花を求めて仲買人が昼夜を分かたず群をなした。紅花だけでなく、ウルシ、サラシ蝋も特産であったので、この花市から京都、大坂そして江戸へと送られた。その花市の賑わいの中を白衣の羽黒修験者が列をなして山家集落をめざした。

山形は盆地である。山岳の美しさ、威容は見慣れてはいたが、最も高い蔵王山の西方には旭岳連峰が連らなり、そこから月山、湯殿山、羽黒山が望見された。それらが春になると一面鮮かな緑一色となる。

花の集荷の時期ではなかったが、白の手甲脚絆、白衣に菅笠又は白頭巾の修験入峰者が数珠つなぎで歩む群れの中に交り、脇坂六郎太は、湯殿山の行場仙人沢に足を踏み入れた。

出羽三山神社は権現信仰の聖地である。

修験道羽黒派は、蘇我馬子（そがうまこ）に暗殺された崇峻（すしゅん）天皇の皇子蜂子（はちこ）は聖徳太子に救われ宮中を脱出し、羽黒山に逃れた。

三本足の烏（からす）に導かれた皇子を開祖と仰ぎ、役の小角を中興の祖と寺伝にある。

羽黒修験が秘教とされる所以（ゆえん）は、本当の修行は聖山聖水に身をおき、求道（ぐどう）の方法として山林抖擻（さんりんとそう）を教義として裏づけた。

自らの肉体を苦しめ、納得できる人生問題の解決を得ようとする求道精神にもとずく。

厳しい修行の果てに、即身成仏（そくしんじょうぶつ）、即身即仏の究極に到達し死に至るまで、厳格な戒律（かいりつ）のもと荒行をし入寂（にゅうじゃく）する。

真言宗の開祖弘法大師空海自らも、土中入定（にゅうじょう）を果して即身仏となったと伝える。

六郎太は、羽黒修験の地に足を入れ、即身仏たる修験者のミイラ仏を幾体も眼にし、大きな衝撃を覚えた。

「武士の覚悟は一刻（いっとき）の事。何とすさまじい覚悟が有るものよ」

羽黒山は巨大な月山を守る砦（とりで）のようであった。

鳥居といくつもの灯篭を過ぎると、静寂と緑の世界はミイラ仏の呪縛（じゅばく）のせいもあって、六郎太は全く異郷に迷い込んだ気分になった。

杉の巨木を縫って、二千四百四十六段の石段が天に昇るかの如くに連らなっていた。

方形寺一岩の書状は、その長い石段の左に屹立（きつりつ）する五重塔下で伊平は六郎太を待ち受けているとあった。

承平年間、平将門（たいらまさかど）の創建と伝わる塔は五層の屋根の四方辺を、思うさませり上げ厳粛な美しさを漂わせ、威風堂々たる雄姿を見せていた。

だが、六郎太にはそれらの威風も目にする修験者の姿にも死にまつわる陰湿な影がつきまとっている様で、ミイラ仏の窪（くぼ）んだ眼窩（がんか）に見詰められる様に思えた。

ゆっくりと歩を進める六郎太の後方から、三人の修験姿の男が駆け上がって来た。

不吉な予感にふり返った六郎太の頭上に、バサッと羽音をたてた大きな怪鳥が舞い降りて来た。

「ケケッケッ」

奇声を発した怪鳥は、石段上で大きく飛び上がるや、回転し巨杉の間に姿を消した。

油断なく見上げる石段の最上部に、鬼神の貌（かんばせ）、一本歯の下駄、頭部から足先まで烏（からす）のような黒装束の大男が二人の手下を従え立ち塞（ふさ）がっていた。

すかさず六郎太は脇の杉の巨木を背に、鉄込杖を構えた。

後方の三人の修験姿が、腰刀を抜き放ち六郎太に殺到してきた。

「なに奴か」

油断なく身構える六郎太は、

「もしや佐々伊平は、すでにこ奴等に討ち果されたのではないか」

との良からぬ疑念が湧いた。

と上段の大男が突然ケタ〳〵と笑い声を上げた。

「未熟なり、脇坂六郎太。方形寺の生臭坊主の偽書に釣り上げられ、のこ〳〵と羽黒くんだりまで出て来るとは、うぬの運の尽きというものだ」

「なに一岩和尚の偽書だと」

「そうさ、酒田の地でうぬを斬っては、こちらの都合が悪いのよ。佐々伊平が姿を消した今こそ、うぬを誘い出す良い機会だったのだ。山犬の餌になるがよい。押し包んで殺せ」

咄嗟に石段に伏せた六郎太に、烏装束が鉄矢を射込んできた。

石段に跳ね返る矢を避け、六郎太は巨杉林に駆け入るや、すかさず身をひそめていた曲者を鉄込杖で肩骨を砕き、大刀を振り下したもう一人の腕も一瞬の抜き打ちの脇差で斬り落とした。

大刀を握った襲撃者からもぎ取った大刀を手にした六郎太は、頂上にむけ疾駆した。追いすがってくる修験姿の曲者の頭蓋骨を振り向きざま鉄込杖で割った。

本殿前の境内で待ち構える四人に、

「卑劣なうぬらに、名乗る名も無かろうが念の為に聞いてやろう」

「無知な若僧め。うぬに天誅を加える羽黒の天狗だ」

「笑止なり。神域を汚す愚か者め。さしずめ柳生の殺人集団と見た」

すかさず六郎太は、権現の本殿に駆け込むと、灯明の火を懐から取り出した小ぶりな焙烙玉に移した。

「さあて卑劣な殺人者の者共、御用心。この爆裂弾で吹き飛ばされるなよ」

と数珠つなぎになった火のついた焙烙玉を、ぐるぐと振り回しながら回廊を走った。

自然坊が考案した焙烙は、爆発力は小さかったが煙幕は濃く深かった。黄色の煙は強い刺激臭を放ち拡がっていく。

柳生殺集団の連中も、初めて眼にする焙烙玉を警戒し後退さりした。

「そうれっ、爆発するぞ」

六郎太は殺集団の頭上に盛んに煙火を吹く焙烙玉を投げつけた。

爆発音と共に激しく吹き出す煙の中へ、六郎太は双刀を振りかざし猛然と斬り込んだ。

腰の引けた柳生殺集団は盛んに咳こみ、眼を潰し夢遊病者のように右往左往した。六郎太は父の遺品の腰刀に怒りを込め、斬り上げ、斬り下げ、横殴りに斬りまくった。

一本歯で天狗然としていた頭領も、下駄を脱ぎ捨て必死に六郎太に対峙した。

六郎太は敵から奪った大刀を頭領の顔面めがけて投げつけた。ブウンと音を立て、弧を描き天狗の顔面を襲う。

払い除けた頭領の真向へ、唐竹割りに六郎太の腰刀が走っていた。

朱に染まった柳生殺集団の斬殺体の後始末を社務所に依頼し、幾ばくかの喜捨（きしゃ）をした六郎太は、遠く月山を拝し下山した。

六郎太を執拗（しつよう）につけ狙うのが、柳生殺集団である事は明らかになったが、

「天下の柳生が何故この六郎太にまで追いすがるのか」

君父を殺した陰柳生はどうして伊平と六郎太を執拗につけ狙うのか。父の鞘に納められているという天下の秘め事とは何なのか。六郎太は益々その謎に戸惑っていた。

敵の正体が判明してきた今となっては一日も早く、主君と父の仇討ちの旅に出たい気持が日々強まる六郎太であったが、塩屋の商（あきな）いの日々に追われて、またたく間の一年が過ぎた。

「大分武士の匂（におい）が消えましたなあ。商人（あきんど）らしい物腰におなりなすった、若旦那」

大番頭に冷やかされていた或る日、

「一両日の入船は、蝋（ろう）、漆（うるし）、松前鰊（まつまえにしん）、昆布、干鰯（ほしいわし）、津軽木材、紅花を満載しております。新潟、輪島、敦賀で商（あきな）い、石州温泉津（ゆのつ）で空船に銀銅をどっさり積み込み、敦賀、新潟、酒田に帰ります」

「大坂、江戸へは参らないのか」

「今回は温泉津の銀銅が目当てです。若旦那が店主名代（みょうだい）として取り仕切って頂きます」

「えっ、わたしが仕切るのか」

「左様で。若旦那らしく仕切って下さい。長い商人修行の成果を、主人清三郎は大層期待しております」

大番頭の申し付けに、六郎太はついに自分は商人になってしまったと肝を据ざるを得なかった。

「して千春どののこれからは」

「千春さまは、すでに江戸表への船中です」

大番頭の言葉に、六郎太は伊平なく千春なく、愈々、脇坂六郎太は天涯孤独の商人として北の地に置き去りにされてしまった。武士としての六郎太は終りなのかと複雑な思いにかられた矢先のことであった。

乗り込んだ総勢十六人の頭として、六郎太は千石の廻船に乗った。

めざす温泉津は、石見銀の積出湊として銀山奉行所のおかれた幕府天領の主要湊であった。

銀銅だけでなく火に強い、良質の陶土によって焼かれた陶器は広く人々に人気があった。

かって毛利元就は尼子に備え、銀銅、陶器を守るべく湊の東端に砦を築いていた。

商用の湊というより、武家の匂いの強い湊であった。

銀山の開発は佐渡より古く、その権益をめぐる争いは大内、尼子、毛利はしのぎを削っていたが、秀吉を倒した徳川家康は、関ヶ原合戦の三日後には腹心の大久保長安を代官として石見銀山を押えた。長安は並みの代官ではなかった。満々たる野心と卓抜な産銀技能者として縦横に石見を支配した。有望な間歩、鉱脈の発見と最新の技法、管理手法を取り入れ産銀量を急増させている。

幕府への上納は年間産銀量二千貫（約五三〇トン）に及び、幕府財政は、石見銀山と大久保長安という人物を抜きに出来ない現状となっていた。

灰吹銀は、かつて通船の危険の大きい赤間ヶ関を避け、労力はかかるが安全第一にと人馬で陸路を大森から三次へ、そして海路を大坂安治川へと運んだ。

航路、千石船の改良整備により経費の少なくてすむ西回り航路の増加によって今では温泉津の廻船問屋は盛況を極め、二十二軒に及んでいた。

番所の取締りは出船に厳しかったが、特に東回りの出羽、越後方面への取締りは厳しかった。

敦賀湊の外で、大船から小舟に荷を移す違法な瀬取りで、抜きとった銀を陸路、琵琶湖を経て大坂で鋳直す銀銭づくり等を防止するためであったが、嵩が低く高価な銀銅の密売を完全に防ぐには限界があったのである。

温泉津の湊へは、手慣れた手代を大番頭は配してくれていたが、幕府の眼の厳しい幕府銀山領だけに、他の湊とは違う雰囲気がいたる処に漂っていた。

六郎太は塩屋の若旦那として、努めて威儀を正しつつも、腰を低くし番所、大森代官所、問屋筋への商用を続けた。

まさか、大小や鉄込杖を持ち歩くわけにはいかず、腰元が淋しく据りが悪いと手代に笑われながら、油断のできぬ温泉津であった。

奉行所のある大森は、湊と離れており帰路が夕刻となった。

夕暮れの道を行く二人を、組し易いとみた無頼者三人が行くてに立塞がった。

「少しで良いから、金を出せ。重い懐を軽なる手伝いをしてやる」

「そうだ、そうだ」

抜いた匕首をもてあそびながら、二人を取り囲んだ。

と、手代は大袈裟に手を振り逃げる素振で、

「ヤクテモね……と。オゾイ話スウでねえ」

と出雲弁丸出しで無頼漢に近づいた塩屋の手代は、やにわに胸ぐらを把かんだ兄貴分と思しき男を投げ飛ばし、迫る一人の鳩尾に拳を入れていた。

残った一人が、やにわに匕首で襲いかかった。

「田分者奴。塩屋の手代と知っての事か」

一喝すると匕首を奪い取り地面に捻じ伏せた。

「ちょっと(チョッコシ)待って下さいね。塩屋の大将じゃ。どげしょやもねえがね」

と這(はい)つくばった。

六郎太は身構えたまま、手代の鮮やかな技に唖然と見とれていた。

「いやはや、どこにでも追剥(おいはぎ)や盗っ人(ぬすっと)はおりますわい」

と、這(ほ)う〳〵の態で逃げ去る三人を追い散らし手代は笑った。

老練な手代八助の手引きで、滞りなく商品を売り捌(さば)いた六郎太は、大量の銀塊を船積みし温泉津湊を酒田に向け出港したのは五日後であった。

朝靄(あさもや)が晴れた穏やかな海路は爽快であった。

風に乗って帆走する船上で、所在(しょざい)もなく大きな欠伸(あくび)をし、背筋をのばした。

「若旦那、今宵(こよい)の月は仰(あお)げませんようで。ゆっくり昼寝でもして、英気を養われませ」

といいながら、自分も大欠伸をした。

「夜に嵐でも来るのか」

「はい。血の雨も降りますようで」

後方に小さく幽(かすか)に見える船影を指した。

「あの船は私共が湊を出た時から、跡をつけております。付かず離れず遠眼鏡(とおめがね)で見張っております」

「何者なのか」

「さあ、定かではありませんが、戦船仕立てで可成りの荒くれ者が乗っている様です」

「積荷の銀を奪うつもりか」

「はい。北へ向かう廻船に銀銅が積まれているは常識。盗っ人には最高の獲物船なのです。守ろうとする者の宿命でございますよ、はい」

手代の言葉を裏付ける様に、水主たち乗組員は既に胴丸で身を固めた者、鉄鎖の鉢巻、短弓や槍の手入れにと余念がなかった。

「参ったのう。まるで戦仕度ではないか」

「戦でございます。夕暮れ前には襲って来るでしょう」

手代の言う通り、海賊船は船足を速め、西陽を受けて船上の人影が判かるほどの距離に近づいてきた。

六郎太は聞いた。

「襲われた時に、賊は斬っても良いのか」

「存分にお斬り下され。斬らねば斬られるだけでございまする」

手代は六郎太に懐の短銃を示し笑っていた。

水主たち乗員は、手際よく船辺にぶ厚い矢弾防ぎの板楯を並べ、その脇でせっせと矢の先に油をしみ込ませた布を巻きつけ、火矢の準備に余念がない。

六郎太は二刀を腰に、鉄込杖を手にして船尾に立った。

羽黒山中で襲われた柳生殺集団で身を守る為とはいえ初めて生身の人間を斬るという、思わぬ展開を想い出し身震する緊張があった。

海賊船は一段と近づき、やがて遠矢を放ってきた。

その二本を六郎太はハシッと鉄込杖で叩き落した。

自分が意外に冷静であり、身体が即応していると感じ、敵に対応できると確信した。

手代が声を張り上げた。

「相手の船が接するまで応戦はするな。合図するまで矢を射るでない」

帆を半分降ろし、塩屋の北前船は速度を落し、賊の船を誘うように走っている。

荷物の積み降しに一段低い処を低馬込と呼ぶが、襲撃の主力はここに来ると思った六郎太は、刀身を抜き払いその周辺を戦闘の場と決めた。

海賊船は意外に小さく、塩屋の北前船に乗り移るには、鉤縄梯子を使用すると思えた。

上部を総矢倉で囲んだ賊の船の船体が、ドンと塩屋船に接触した。

その時を待っていた帆柱下に立つ手代が、ズドンと短銃を発した。

途端に火矢が眼下の海賊船に一斉に放たれた。

燃えさかる火矢を避ける様にしながら、賊は手に得物を振りかざし鉤縄を北前船に投げかけて来る。鉤縄の梯子に塩屋船に乗り移ろうとする海賊たちが群がった。

海賊船は襲う船を絶対に沈没させる様な攻撃はしない。めざす船を海の底に沈めては、元も子もない。

船上になだれ込み、廻船の乗組員を無力化する事を第一にする。

手の内を見透した手代は、賊の船を焼き打ちにし、乗り移る賊を迎え討ちにする作戦であった。

やがて、狂暴さながらの荒くれ男達がなだれをうって次々と廻船に乗り移った。

賊の中に、六郎太は躍り込み、頭分らしき男を一太刀で両断した。

商人船の乗員の手強い抵抗に、一瞬、驚きの眼を開いたまま頭分の首が飛んでいた。

六郎太は初めて冷静に人を斬った。

血飛沫を浴び、熱いと感じた。

羽黒山中では突然の襲撃に夢中で反撃をした為、人を斬るという意識がなかった。

今回は違った。次々と反射的に体が動き、右に左に賊の刀や槍を叩き斬り、生身の賊の体を斬りに斬っていた。

「無法者めが。手向う奴は全員叩っ斬る」

血刀を振るうたびに海賊の悲鳴が上がる。

手代は帆柱に身を寄せ、短筒で賊を狙い撃ちにしている。

船上が血に染まり、足が滑り柄頭がぬめった。

三人を切断し、五、六人の手足を斬り落とした。これほど易々と生身の体が切断できる事に我ながら驚いていた。

予想外の商用船反撃に海賊たちは狼狽していた。

頭領らしき男が、

「撤退、撤退せい」

と舷側のはぎ付けに伸び上がり、大刀を振って喚いたが、胸板に矢を受け真逆さまに海中に落ちた。

優勢になった塩屋船の水主たちは、海賊船の矢倉に油樽をぶちまけた。ゴーッと音をたてながら賊の船が猛火に包まれた。

矢倉内に残っていた賊が火だるまになって跳び出し、あわてて海中に跳んだ。自船が燃やされ、北前船から追い払われた賊たちは、傷つき次々と波間に消えた。

ダダーンと手代は短銃を放った。

それを合図に北前船は、帆を張り速度を上げた。

勝鬨を上げるでもなく、水主たち乗組員はてきぱきと持場の仕事に戻っていた。

何よりも、夕闇に包まれる前に出雲崎に安全に停泊する必要があったのである。

六郎太は、海賊をものともせず、沈着に仕事第一とする水主たちに感嘆していた。

商戦に勝ち抜いてきた北前船塩屋の裏面でのたくましさを、まざまざと見せつけられたと思ったのである。

「そりやご苦労様でしたな」

塩屋清三郎は、帰泊した廻船の船梁の上の神棚の間で、手代八助の話を平然ときくと、六郎太の労を慰い、

「めったにない良い経験をなすった。商人という者は、無法な力には時として牙を剥くことがあるものです」

と笑った。

六郎太は、あの戦闘で刃こぼれひとつしてない父の差料に驚嘆したが、それを耳にした清三郎は、

「そりゃあ、鍔削ぎの名刀ですからな」

と漏らしたひと言に六郎太は、

「鍔削ぎとは如何なる由縁でござる」

清三郎は慌てて、よくは存じませぬ。佐々伊平どのにお尋ねなさいませと席をはずした。

六郎太は一日も早く、伊平と千春に会いたいものだ。江戸で二人はどうしているのだろうと無性に恋しかった。六郎太、二十歳の夏であった。

北前船の囲船の季節が終ろうとする春先き、六郎太は久しぶりに卯助の訪問を受けた。

卯助は潮やけした堂々たる体躯の若者になっていた。

「二十歳になりました。みっちりと水主修行をやりやした。今は十五人乗りの親仁になり、近々、江戸に参ります。大番頭の話では、あっしの船に六郎太さまはお乗りになります様で」

「そうか。某もついに江戸か。ところで卯助、親仁とは何だ」

「へい、水主頭なんで。船頭を助ける三役の一人で、船鑑札、往来手形、積荷の送り状の責任者で船箪笥を預かる時もございます」

と六尺もある卯助は胸を張った。

「頼母しくなった卯助と、江戸表へ行けるとは嬉しい限りだなあ。伊平とも会えるしなあ」

「その佐々伊平さまですが、行方知れずだそうですぜ」

「なに、伊平が行方知れずだと。塩屋は何も言わないがのう」

「へい。奥様と可愛い娘さんを残し、突然姿を消されたとか」

そうかと生返事をしながら、伊平奴、仇討ち相手も探さず、一体どこへ消えたのか。文弱の徒とは思えなかった伊平だが、その佐々伊平も、だん〴〵遠い存在になって行く。が、何も言わずに姿を消すとは薄情な奴だと憤慨し、めざす江戸に伊平も千春も居ないと思うと、愈々、天涯孤独をひし〳〵と感じ、六郎太は捨てざるを得なかった故郷での生活に、不覚にも涙した。

北前船が岩礁や浅瀬の多い赤間ヶ関を無事に通過するためには、水先を案内する地元の舟を必ず雇う。大事な積荷と船を守りながら狭く岩礁の多い海峡をゆっくりと通過する。やがて、大番頭の弥一郎も乗船した塩屋の北前船は、満載の積荷を守り赤間ヶ関を無事に通過した。

赤間ヶ関だけが難所ではない。潮流の激しい瀬戸内海は、大小の島が無数に点在し、数多くの船が小島の陰から突然姿を現わすなど、緊張続きの航海であった。

卯助に若旦那、どうしゃったと気に掛けられるほど、六郎太は近づく江戸表に伊平が居ないことに落胆し、仇討ちの仲間に見捨られた忌ま忌ましさもあって、瀬戸内海の風景も虚しい船旅であった。

播磨の主要湊、室津で松前物産、出羽のハタ〳〵や能登の鮑、ヒラマサの干物などを取引しながら、数々の歴史物語を残す室津湊で風待ちの停泊をした。

室津は、七曲りでの源平合戦、源頼朝が築いた室山城。頼朝や平清盛の信仰厚かった賀茂神社。赤松円心と足利尊氏が天下人の命運を賭け会談した室津は、かつて豊臣秀吉が小西行長を奉行とし瀬戸内海を支配した拠点であった。

何より室津は我が国の遊女発祥の地といわれ花柳界の草分けでもある。

絶好の風待ちだと我先きに上陸していく水主たち乗組にも、卯助の語る歴史物語にも、ただ沈み込む六郎太に、ハテこれからの六郎太さまは、一体どうなるのかと案じるばかりであった。

大坂屋お品

やがて塩屋船が着いた大坂湊は、淀川、安治川、木津川、大和川など大小河川によって形成された宏大な三角州の河口湊に東西の廻船が集まり眼を見張る盛況ぶりであった。船番所も九条島、安治川口、木津川口に三ヶ所設けられ、水運に恵まれた大坂は、幕府と商人の手によって内陸部の運河が掘り巡らされている。

運河に沿って諸藩の倉屋敷、問屋、船宿が軒を連ねていた。諸藩が常設した問屋は二十八藩に及び、中でも越後藩は二十を超える問屋を開いていた。

冬期の北西の風で海の荒れる期間に、大船を陸に引き上げ、手入れや修繕をする囲船の地は宏大な安治川の河口にあった。

塩屋の大番頭は、問屋街の中心に大きな店構えの大坂屋に六郎太を案内し言った。

「後々の事はこの大坂屋のご主人にお任かせしております。塩屋の若旦那としての修行を存分になさいませ。

ああ、そう〳〵。貴男は塩屋の廻船はむろんの事、どこの廻船にも大坂屋のご主人の許しがない限り、足止め、との回状が回されておりますので、お心得ください」

「えっ、それがしは江戸表へ参るはずではなかったのか」

「はい。江戸へは行けませぬ」

「塩屋清三郎は、それがしは江戸表に向かうと言っていたぞ」

「ははは。江戸へ参るには未だ〳〵修行が足りぬ、と言う事ではございますまいか」

六郎太は、いけしゃあしゃあと、ほざく弥一郎を、ぶん殴りたかった。

「鉄込杖だけでは心許ないと存じますので、御父上の差料は大坂屋のご主人にお預けいたしておりますので、へい」

と退いて行った。

ええい、どうでもしろと沈み込んだ六郎太のところへ、女将代理のお品が顔を出した。

肌は抜けんばかりに白く豊満な肢体から、こぼれんばかりの色香が漂よう、三十位の女性であった。

六郎太は愈々苛だった。荒い口調で、

「お品さんと申したか。一寸お尋ねするが、某が世話になる大坂屋の生業は一体何なのか」

剣突どんの六郎太の聞き方に、

「お可笑なお人だんなぁ。大坂屋の生業もお知りにならへん。塩屋の若旦那はんは、よっぽどのアカンたれや。そう易々（やすやす）とお武家（ぶけ）と商人（あきんど）の二刀流は成り立ちまへん、という事だすかいな」

と、やんわりかわしたお品に、六郎太は益々腹立たしく、これからの日々を思い、うんざりしていた。

「某（それがし）は大坂屋に世話になりたいと大坂に来たわけではない」

「まあ〳〵若旦那（わかだんな）はん、気（き）い長うしなはれ。あ、そう〳〵、明晩は大坂屋の年一度の、施祭（ほどこしまつ）りだすねん。そのご案内をワテがしますよって、よろしゅうお頼（たの）申します」

お品はにっこり頭を下げ去っていった。

大坂屋の生業（なりわい）も、あやふやなまま、仇敵の柳生を追う段取りも定かにならぬままに、大坂に足止めを喰った六郎太は、つく〴〵己の不甲斐なさを今更ながら思い知らされた。

所在なく大坂の町を終日、ぶらついた六郎太は持ち歩く六尺の鉄込杖さえもが重く煩（わずらわ）しく思えた。

ふらっと立寄った船場（せんば）の一膳めし屋の亭主が六郎太を他所者（よそもの）とみたのか言った。

「大坂は水の町でんのや。川や堀が縦横（たてよこ）につながってましてな、橋がぎょうさんありま。大坂八百八橋いうとりますが、その半分はワテら町人が皆んなで造ったんですわ」

と胸を張っていた。どことも違う大坂湊の空気は、商人（あきんど）、商店主が醸（かも）しだしていると感じた。

夕刻になると六郎太は、お品に伴なわれ一年一度の施祭りが催されるという大坂屋の大船に出向いた。

お品に同伴していたのは、四十がらみの商人風の男で刀剣業だといった。

「備前屋唐五郎と申します。大坂に出て以来、ずっと大坂屋さんにお世話になっております。京、大坂では、ほかのどこにも無い修行をさせて頂いてます。兄(あん)さんも可愛がってもらいなはれ」

と如才(じょさい)なく六郎太に言葉をかけた。

六郎太は、内心、得体の知れぬ奴めと、油断なくお品に従って歩く。やがて、

「いやぁ、いつ見ても惚(ほ)れ〴〵する雄姿(かっこよさ)でんなぁ」

と男は巨船を見上げて呟(つぶや)いた。

大坂屋の持船は、六郎太が今まで眼にしたどの廻船より巨大で豪華な造りであった。船上の人影が小人(こびと)の様にみえた。

「大したことおへん。いま造ってはる船は、これよりひと回り大きゅうて、南蛮(なんばん)まで行かはりますのんや」

お品は事もなげに、二人を船上に案内した。

無礼講(ぶれいこう)で飲食の大接待を受ける人々が、口々に大坂屋を褒(ほめ)そやす声が耳に入る。

「今度の南蛮行きの大船は、三本帆柱でご禁制の大砲まで積んであるらしゅうおす」

「それじゃ、まるで戦船でんなあ」

「そや。戦しはるんどす。南蛮には海賊船が、うじゃ〳〵いるそうだす」

「海賊が出たら、ドカンと大砲ぶっ放すのやそうだすわ」

「そりゃ、海賊もかなわんなあ」

「そやよって、船には鎧兜のお武家はんも仰山乗ってはるそうだす」

「へえ。そのお武家はん、海賊来ん時は何してまんね」

「うまいもん喰って寝てはりま」

「そんなん豚みたいに肥えまっせ」

「そうや。日本へ帰ったら四貫も五貫目（約十八kg）も太ってるそうや。褌のひもがプツンと切れるそうだす」

「そいつ、かなわんで」

と他愛もない話で大賑わいの船上であった。

案内された大船の舷側には、大坂屋と染め抜いた印半纏の屈強の若衆が、ずらりと列をなし、乗船した客の案内に立つ。

胴の間の出入口には、一見それと分かる綺麗どころが愛想をふりまき、船上のいたる処に色鮮かな吊り提灯が光を放ち、客をもてなす料理や酒樽がところ狭しと並べられていた。

行き交う人々は、お品に挨拶をし、お品も、

「今宵は勢いっぱい飲んでや。お祭りやさかい」

と愛想よく振舞った。

やがて六郎太は、耳なれぬ浮きたつ様な三味線の音色に、不思議そうな顔をした。

「清掻だすわ」

唐五郎の説明に未だ不審気な六郎太に、

「すがかきと言いますねん。江戸の吉原から流行って来たのでしょう。花街のお囃子だす」

さあ楽しゅう遊んで行きまひょ。さあ、どうぞ〱と言ってますのんやと、お品はにこっと笑った。

船上には驚くほど多勢の、雑多な人の群ができている。なかには破落戸、博打者、浪人風体もあって、色とりどりの男女が入り交り、さすがの大船も片向く程であった。

やがて、ざわつく人々が一斉に、

「親方、大坂屋の大将。有難とう、今夜は腹一杯、ご馳走になりまっせ。おおきに〱」

と巨大な帆柱の根方に立つ壮年の男に、手を振り声を上げ歓声を上げた。

大坂屋の亭主は、皆の歓声に両手を振り、やがて胴の間に姿を消した。

あとは群れ集う人々の乱痴気騒ぎとなった。

山海の珍味をむさぼり、京や摂津の名酒を枡（ます）で飲み干していく。一合枡（いちごうます）を手に所在（しょざい）なさそうな六郎太に、

「よう、お前（めい）さん新顔だね。どこからお出（いで）なすった」

遊び人風のその男は、三、四人の手下（てか）を伴い五合枡を手に近づいてきた。

「どこだろうと、お前様には関（かかわ）りは無かろう」

うっとうしい気分の六郎太は、手にした一合枡を口にした。

「野郎、どこのヘボ旦那（だんな）か知らんけど、瓢箪町（ひょうたんまち）の九平次兄（あに）さんに、何てえ口をききやがる」

「九平か八平か知らんが、某（それがし）には関係がないね」

「野郎、なめやがって」

いきり立つ手下を、まあ〳〵と宥（なだ）めた九平次は、

「兄（にい）さん、酒が飲めねえのかえ」

と鋭い眼光を放った。

六郎太は、父にきびしく躾（しつけ）られ、酒で乱れた事はなく、自分はどれ位飲めるかを知らなかったが、酔（よ）った覚えもなかった。

「折角の京の銘酒だ。さあ、飲んで見せねえ」

波々と注がれた五合枡が突き出された。

一気に飲み干した六郎太をみて、自分もグイッと枡を傾けた。

「盃が小せいとよう。枡が小せいと此の旦那様の声が聞こえねえか」

真新しい一升枡（約二リットル）を手下が差し出した。

六郎太は升を受けとると、口を離さずぐい〳〵と飲んだ。

やんや〳〵の喝采の中で、また一升枡に新しい酒が満たされる。

酔いが回り始めたと感じたが、六郎太は足を踏んばり平然を粧った。冷酒は酔い始めると一気に酔いが回る。

「若旦那」

気づかった備前屋唐五郎の声を、耳にした気がしたが、六郎太は丸太を倒すようにドタッと転倒した。

「九平次、なにイチビルんや。うちの大事なお客人やし、わやーしたらドモナラン」

幽かにお品の叱りつける声を聞きながら、六郎太は胃袋の中のものを、二度、三度と吐き出し乍ら、正体もなく甲板に横たわっていた。

「北前船の塩屋の若旦那らしいぜ」

「元は武士というが、もったいないわ。折角の伏見の銘酒吐き出しよって」

人々は呆れ顔で、やがて散って行ったが、

「確に脇坂六郎太だっ。どこに潜り込んだか探しあぐねていたが、大坂屋に隠れていたとは、これは、とんだめっけ物だ」

浪人風の二人連れは、そそくさと姿を消していった。

唐五郎は、六郎太の鉄込杖を手にして、大坂屋の若衆に担がれた正体のなくなった、六郎太を大坂屋に運び込んだ。


夜半にフト目ざめた六郎太は、柔かな肢体に己が抱きかかえられている事に狼狽した。白い腕が、六郎太の下腹部を押えつけるように投げ出されている。

「お品さんだ」

六郎太は一瞬、跳び起きようとしたが、寝入ったお品は、日頃の鉄火肌のお品ではなく、強く抱きしめれば壊れてしまいそうな優しい肢体であった。

その上、身動きならぬ六郎太の分身は、お品のしなやかな指で、しかと握られていた。木石漢ならぬ六郎太の健康な体は、次第に熱く怒張していった。

つい堪え切れずに呻き声がもれてしまった。

「あら、お目覚めですか若旦那はん。一升酒飲んでも元気ですね」

お品は、待っていましたのよとばかりに、分身を優しくさすり、唇で全身を舐め回し、瑠璃玉をこそぐる手は休むことがない。

堪え難い快感に若い体は、お品の手の中にすぐ様、爆発した。お品は、それをさもいとおし気に唇で舐めつくし、亀頭を舌で愛撫した。
見る〱六郎太は熱い怒張で甦えった。

「ああ、嬉しい」

お品は上ずった声をもらし、六郎太を己が窪に誘い、騎乗すると深々と腰を押し付け、しきりに尻を振っていく。六郎太はお品の強く、弱く、優しく蠢く襞に包まれて我を忘れていた。

「ああーー。エエわぁあ」

絶叫したお品は、六郎太の上に突伏た。

いつまでも痙攣し全身をのけ反せた。

六郎太もお品の腰をひしと引き寄せ再び果てていた。

女体が初めてではない六郎太であったが、これほど甘美で、女体がいとおしくなる喜びを与えてくれたのは初めてであった。

頭の芯がしびれるままに、仰向かせたお品の柔かく豊かな乳房に顔を埋めた。

六郎太の頭を両腕で強く抱えたお品は裸身を寄せ、二人はやがて深い眠に落ちて行った。

翌朝、お品は顔を見せず、お品の残香のこもる四畳半で、六郎太は所在なく過した。

夕刻、備前屋唐五郎がひょっこり顔を出した。昨日の醜態ぶりに呆れたか、据え膳を喰ってしまった六郎太に呆れたのか、

「やあ」

と短かい会話に終った。

「聞けば、お前さまは武家の出だそうですな」

「それが、どうした」

「いや、あなたに枡を突き出したのは、大坂の色街瓢箪町の顔役だす。それをガブ飲みなど武士らしからぬ所業。命がなんぼあっても追いつきまへんわ」

唐五郎は、若いということは恐ろしいことだす、といって六郎太と一緒に担いできた、鉄込杖を差し出した。

杖を受けとりながら六郎太は、昨夜の自分の醜い姿を思い出し、若気の至りと言われぬ年齢である事に、穴にも入りたいとはこの事だと思った。

唐五郎は急にいった。

「わては、明日から京へ商用で参りますんやが、どうだす御一緒しまへんか」

「それがしが、同道しても何の役にも立つまいと思うが」

「わてが退屈しまへんがな。兄さんの様なおもろいおひとは、めったにおまへんで。それに京都は、何といっても天子様のおわす都だっせ。といってもあなたみたいな無粋なお

人には阿呆みたいな処でっしゃろなあ」

六郎太は、唐五郎の誘いに苦々しく窮屈であった長い〳〵商人修行の日々が虚しくさえ思えた。

京都など、思いもつかぬ縁遠い世界であった。

唐五郎に無粋な武家の出とからかわれ、六郎太は京の都に急に興趣が湧いた。

「唐五郎どの、身も心も武士になって京に遊びたいと思うが、よかろうか」

「あなたに京での商いなど、どだい無理ですがな。わての用心棒でついて来なはれ」

六郎太は、無性に腰の大小が恋しくなった。

商いに関係のなかった京は、童心に返れる地である。

怨敵もいや、行方知れずの佐々伊平さえもが京の都で、まさか六郎太が遊んでいるとは思うまい。

晴れ〴〵と二本差しで都の大通りが歩けると思うと、六郎太の身も心も浮きたつ思いであった。

「大坂屋が、すんなり差料を渡してはくれまいのう」

六郎太の懸念通り、お品は差料を渡すのを渋った。

「大坂屋の旦那はんは、どうお考えでっしゃろ。兄さんは大事な塩屋はんの若旦那ですよって。大酒飲みのなあ」

お品は斜眼で、ニッと睨んだ。

大坂屋から返してもらった大小を、久しぶりに腰にし、武士が町人髷でもあるまいと、お品が用意してくれた塗笠をかぶり、紋の入った黒絽の着流しに博多帯に雪駄と、浪人風にやつした。

唐五郎は商売用の刀剣を納めた刀箱を大風呂敷に包み、

「大事な品ですよって、しっかり守っておくれやす。京都の案内料は、大坂屋の大旦那様に、たんとお預かりしてますよって、兄さんは心配しはらずともよろしおす」

と、さびしい六郎太の懐具合を気づかってくれた。

二人は船で淀川をさかのぼった。

淀川は宇治川と桂川が、淀村の北で合流し、南で木津川と合せた大河で摂津と河内の間を流れている。

天満橋は長さ百十五間（約二百m）で、水の流れは速い。上り船は力の限り棹をささねばならない。京までは十四里（約五十六km）の船旅であった。

「附馬が二匹おる様でっせ」

陸路という手もあったが、安全な船にしましょうと言った唐五郎の見立てが、図星という事であった。

「お主の刀箱を狙っているのか」

「どうでっしゃろ。一人は大坂屋の施祭で、あなたに眼つけておりましたさかい。腕に自信ありそうなご浪人だっせ」

「ふん。見知らぬ浪人だ」

六郎太は、船尾で話し込む二人を意に介さず、周りの風情を楽しんでいた。

その昔、秀吉の寵愛を受けた、淀君が住んでいた淀城跡を過ぎれば枚方村である。

船端に鉤を打ちかけ、荒っぽい大声で、

「喰らわんか、喰らわんかい」

と小船に積んだ酒、飯、汁、餅などを商う名物の喰わんか舟である。

面白がって六郎太は餅を買い、唐五郎に酒を買った。

船尾の二人の浪人は、黙って横を向いて何も買わなかった。

唐五郎は、伏見の船場阿波橋で下船した。

伏見の賑わいの中を、二人は肩を並べぶら〳〵と街道を行く。付かず離れず浪人も続く。

「やっぱり附馬でしたなあ。狙いは若旦はんでっせ。仇をお持ちだすか」

「左様。仇討は某の宿命でござる。主君と父の仇なのだが相手の正体が、雲をつかむ様でさっぱり判らぬので困惑しておる。丁度よい。相手の正体を確かめてくれよう」

六郎太は、手にした鉄込杖で、どんと街道を突いた。

「けったいな雲行きになりましたなぁ。そうだ、東寺に参拝しまひょう。境内はずい分広うございます」

といって唐五郎は、六郎太に微笑んだ。

「して、その方の所用先はどこなんだ」

「御所近くや賀茂神社はん、四条通りや祇園さんの近くなど方々だすわ。わての事はよろし。二人の浪人にも、お大師はんに一緒にお参りさせまひょ」

唐五郎は、跡を追う浪人二人を従えるように南の大門をくぐった。

一寸迷ったようだが、浪人も東寺の境内に足を踏み入れた。

すっかり追跡者の二人を忘れ六郎太は、堂々たる塔を見上げ感嘆し、数々の威容ある堂宇大伽藍に心打たれた。

「唐五さん、さすが天子様の都だのう」

「へい、都には他では味合えない風物が多くございます」

そう話しながら食堂の裏側に、六郎太を誘った。浪人も二人を追って小走りについてきた。

その二人の鼻先きへ、太い柱の陰から六郎太と唐五郎がとび出した。

ぎょっとして立ち止まった浪人連れに、六郎太は鉄込杖を突きつけ、

「お主らの狙いは何だ。追剥を働くつもりか」

六郎太の剣幕に跳び下がった二人は、すぐさま抜刀し、

「無礼者めが。我々は怨敵、脇坂六郎太と佐々伊平を探索し、諸国を巡っている武芸者である。その方は、脇坂六郎太であろう」

「それは大儀である。某がその六郎太なら何とする。お手前方は、柳生の手の者と推察するが如何かな」

「いかにも、我々は柳生義丹様の手の者だ。脇坂六郎太、主命により只今、そちを討ち果し恨みを晴らす」

浪人の一人の腕が無かった。

「そうか、闇打ちの時、父上はそちの腕を落したか。命冥加な痴者めが。此度は命を頂戴する」

六郎太は、鉄込杖を唐五郎に渡し、柄に手を掛け腰を落した。

と、唐五郎は六郎太に身を寄せ呟いた。

「若旦はん、き奴らを斬り殺せば又ぞろ仇の所在が判らなくなりますよって、ここは此の杖で辛抱なさいませ」

「成程。痛めつけて逃すのじゃな。おい、今し方、二人で相談ができた。命だけは助けてやるから、柳生義丹に伝言がある。仇討ちには当方から見参するから、逃げ隠れするで

ないと申しおけ」

杖を手にした六郎太に、びゅっと隠し持った忍矢（しのびや）が放たれた。

矢を打ち落した六郎太は、七～八尺（約二～三ｍ）も跳ぶと、ガツンと鉄込杖で矢を射た男の肩骨を砕（くだ）いた。

悲鳴を上げ倒れた仲間を見向きもせず、隻手（せきしゅ）の曲者が鋭い片手斬りを見せた。

ガキッと正面で受けた杖先に刀身が折れ飛んだ。すかさず六郎太は、残った忍刀（しのびがたな）を持つ手首ごと杖で叩き砕（くだ）いていた。

二人の浪人は、血だるまになりながら必死に逃げ去った。

「お見事」

と近づいていた唐五郎は、

「血飛沫（ちしぶき）を浴（あ）びた体を、すっきり清めまひょ。この東寺はんは、洛中（らくちゅう）の傾城（けいせい）町と深い縁がございましてな、柳町から大猷院（だいゆういん）様のとき今の新屋敷、島原に移（うつ）されましたんや。さあ、行きまひょ〳〵」

と、いそ〳〵と先をいく。

二人が遊んだのは、島原の廓（くるわ）内でも有力な大坂屋兄弟の遊女屋であった。

「えっ、ここでも大坂屋か」

六郎太は驚いた。唐五郎は大坂屋が手広く営む商いについて話してくれた。

大坂の地に拠点を持つ大坂屋は、米穀問屋、材木問屋、薬種問屋、唐物(とうもの)まで扱う問屋中の問屋と聞いていたが、遊女まで抱えた商売まで営んでいたとはと、六郎太は魂消(たまげ)たのである。

大阪屋の出自(しゅつじ)は誰も知らず、今は遠く八丈島の流人の身となっている、備前五十二万余石の太守宇喜多秀家(うきたひでいえ)の縁者という者もあるが、武門(ぶもん)の出というのは間違ってはいない様であった。

早朝、昨夜のもてなしに、まだ半分夢心地の六郎太を急(せ)き立て、備前屋唐五郎はさっさと店を出た。

六郎太は、店に預けていた大小を慌てて受け取ると、先を行く唐五郎の後を追った。

東と西の本願寺の巨大な甍(いらか)を眺めながら、二人は五条大橋を東に渡った。橋上は早朝というのに雑多な人々が群れていた。

大橋は天正年間、秀吉が大佛造営の便のために架橋したのであり、鴨川西の南の田圃の風景に比し橋上は物乞いの前を馬上の武士、遊里帰りの男などと雑多な賑わいを見せていた。

四条通りまで歩いた唐五郎は、八坂(やさか)神社近くの刀剣商に立寄ると、いささか時間がかかりますので、祇園(ぎおん)はんにでもお参り下さいますか、といって店内に入っていった。間口はさして広くはないが、奥ゆきの長い老舗であった。

大きな朱塗り大鳥居をくぐると、広い神社の玉砂利を踏みながら周辺の松林の中で、飲み、踊る人々を横目にぶら〳〵と所在なく過した六郎太は、四条河原に足を向けた。

道ゆく人々も京都らしく、雅びな装いの男女が多いと六郎太は思った。

四条橋のあたりには、五条大橋周辺からの芸能小屋が移り、歌舞伎、見世物小屋が林立していた。京の遊興娯楽の中心地として人が集まり、それらの人々が祇園社参詣人と入り乱れ賑わっていた。中でも、二軒の浄瑠璃小屋の竹矢来の筵張幔幕の前には、開演待ちの行列の群れがあった。

薙刀、長槍にまじる大日傘を差しかけられた女御に六郎太は、

「京の都じゃのう」

独り言をいった。

賀茂神社へ行くという唐五郎に従って、風にふかれて鴨川の土手を歩いた。

下鴨神社に備前刀一振りを代参奉納した唐五郎は、

「京の商いは、のんびりしてまんのや」

と、六郎太に唐五郎はいったが、本音ではないなと六郎太の商人感が働いていた。

千年の間、時の権力者が目まぐるしく変化して行った地の商人が、のんびりしている筈が無いと思ったのである。

上賀茂神社でも、商談があるとの唐五郎と別れた六郎太は、鴨川辺を散策していた。

六郎太を見え隠れに後を追う、二人の児に早くから気づいていた。

「柳生奴が、又ぞろ角兵衛獅子の小僧を使いおって」

と少なからず阿呆らしくなった六郎太であったが、角兵衛獅子の児は必死に追ってくる。

土手の松の根方から急に飛び出した六郎太に、二人の児は驚いて逃げだした。

「おい、小僧。一寸待て」

大声で一喝された二人は、立ち止まり遠くから、じっと六郎太の様子を窺っている。いつでも逃げだせる姿勢は児どもながら、鍛えられている様であった。

参拝者目当ての茶屋で駄菓子二袋を求めた六郎太は、二人を手招いた。

「おい、柳生の使い走り、名は何という」

二人は下を向いて答えなかった。

駄菓子一袋をさし出し、

「もう一度聞く。名は何という」

駄菓子をさっと把みとり、二人は分け合っていたが、

「俺は虻のブン太。こいつは蝶ちょのチョウ助」

と年嵩の児が答えた。

六郎太がもう一袋の生姜板を懐から取り出すと、小さい方の児がそれを奪い取り、二人

は大喜びで仲良く分け合った。

「おじさん、おおきにな。甘いよコレ、一度食べてみたかったんだ」

と口一杯つめ込み、夢中で食べた。

「そうか、美味いか。ブン太にチョウ助に聞くが、今の仕事は面白いか」

と、二人は同時に頰をふくらませ、

「面白いはず無いだろう」

と怒るように言った。

「そうか、面白くないか。ところで、お前達はどこで生まれた」

「そんな事、知らんわい。こいつと二人で雪の道を長いこと歩いてきた」

「そいつは大変だったな。で、今はどこに隠れている」

「南禅寺の山門が俺たちのヤサだ。見晴しがいいぞ。見つかったら追い散らかされるがな」

六郎太は思った。自分はいま天涯孤独の身だと嘆いていたが、こいつらに比べれば孤独でも何でもない。

よし、こやつらの生き様をこの六郎太が変えてやろう。柳生にこき使われては碌な事はない。

今の六郎太にも、それ位は出来そうに思えた。

「おじさん達二人は、今夜は伏見に泊まる。朝早くに船で大坂に帰るが、どうだ、大坂に来ないか。来る気があるなら、伏見の船着場に来い。柳生の奴らには、大坂の二人を京都中追いかけていたといえ。いいか、今夜は山門に帰ってはならぬ。他に塒を探せ」

「ヤサはどこにでもあらぁ。なあ、チョウ助」

二人は活々した顔つきでいった。

その夜、大坂屋の息のかかった伏見柳町の遊郭で存分に楽しんだ二人は早朝、大坂へ下る船に乗り込んだ。

柳町は船着場の遊郭のため、高瀬舟、馬借などが入り込み俗に泥町といわれる肩のこらない遊び場であった。

ブン太とチョウ助は、六郎太を眼の端に入れると、船端に身を隠すようにしていた。

昨日の成りゆきを六郎太から耳にした唐五郎も、二人の角兵衛獅子の様子を見てクスリと笑った。

「芸妓の足抜けは耳にいたしますが、角兵衛獅子を足抜けさせるとは、若旦はん粋な計らいでんなぁ」

「すぐに連れ出すわけではない。お品さんに段取りを任かせたいと思うのだが」

「それが良しま。素人の芝居は、えろう臭うますよって、ここは千両役者お品さんの出番ですわ」

快適に下る船は、やがて枚方の喰わんか舟に取り囲まれた。

六郎太は、二人の児を手招きし、これからの段取りを話してやった。

竹の皮にくるんだ大きな握り飯、餅と団子を買い与え念を押した。

「よいか、柳生の者共には二人で舟で下って行くまで見届けたと言って、夕暮になってから帰るのだぞ。ホレおやつ代は、このおじちゃんが呉れたぞ」

と小銭を渡し、枚方から帰らせた。

二人は川を下る舟に、いつまでも手を振っていたが、やがて踊るように勇よく走りだした。

「大坂へ逃げる隙をめっけたら、大坂の船着場にきて、大坂屋のお品姐さんを訪ねるんだぞ。お前らを商人に生まれ変らせてくれる」

うん〳〵と頷く二人の角兵衛獅子の頭を撫でながら、なぜか六郎太は胸が熱くなった。

六郎太が、大坂屋の営む木材店の手代見習いとして三年が近くなったころ、お品を訪ねたブン太とチョウ助が、大坂屋の計らいで柳生の手の届くことのない、大船の水主見習いで南蛮船に乗り、別天地で成長している事を耳にした。

六郎太は、木津川の奥地で連日杉丸太の伐材、搬出に携わっていた。大坂屋の手代として、木材が筏に組まれ、木津川に下る迄の仕事が多かった。体力のある六郎太でも、山仕事はきつかった。

　それを乗りこえさせてくれたのは、小さな角兵衛獅子が、見知らぬ南蛮の地で励んでいる姿を思い浮かべたからであった。

　暇を見つけて、木津川の奥地の修験（しゅげん）の山々を駆（か）け、霊地でひたすら独りで鉄込杖を振ることができた。

　天涯孤独というのは、己ひとりの力以外に頼らぬという自覚であり、それに徹する事だと厳しい山地を駆（か）けながら、出羽の羽黒三山の命を賭けた修験者たちの修行と日々のすさまじい覚悟を六郎太は身に染（し）みて知らされていた。

　山仕事、丸太になじみ此の仕事の面白味が徐々に分かってきた。

　怨み深い柳生殺人集団何するものぞ、たとえ佐々伊平が居なくなり、脇坂六郎太独りであっても必ず主君と父を暗殺した頭領を見つけ次第、仇を報じてみせるとの自信が湧（わ）いてもいた。片時も身を離さない父の小さ刀が六郎太をいつも励ましてくれていた。

　六郎太が、熟練の筏師（いかだし）と共に木材の上乗りをして木津川を下り、大坂の本店に久しぶりに顔出しした時、突然、大きな転機が訪れた。

　大坂屋の主人に呼ばれた六郎太の前に、全く突然に所在不明であった佐々伊平の顔があった。

　伊平は歳を重ね、小太りな体型になっていた。落ついた壮年武家然とした伊平に、六郎太は焦がれる程の懐しさと違和感を同時に覚えた。

伊平が口を開いた。

「材木屋の手代として、六郎太様が立派に山中でお働きの事を、常々ご主人から伺い喜んでおりました」

「伊平、何故お前がここに居る。今日まで何故、音沙汰を絶ち姿を消した。千春さんや子供は、どこで、どうしている」

「ご不審はご尤でござる。すべて、主君、父上の遺恨を晴さんが為にござった」

「そうか、それは上々。某は、そなたが仇討ちを忘れてしもうたと思っていた」

「仲々。拙者は一刻者にござれば、初心は忘れ申した事はございませぬ」

「六郎太も、ずい分と歳もとり、預けられた問屋の修行も結構長い。が、天下に巨大な権勢を誇る大目付の柳生が仇のようだ。百万石の太守までもが、柳生但馬守には頭が上らぬというではないか。素浪人の身では、半分は宿願を叶える事はないと観念しそうであった」

積もる話もございましょうと、大坂屋の主人が下がると、入れ代りにお品が茶を入替えに顔を出した。久しぶりに顔を見た六郎太には、お品の艶やかさと物腰が一段と増したと思えた。

お品は、広範な商売を営む大坂屋に欠かせぬ女番頭になっていた。

「六郎太様、明日は愈々江戸表にお立ちとの事。お残り惜しく存じます」

お品の淑かな、親身の挨拶に六郎太は、つい涙ぐみ伊平の顔をチラリと見た。

伊平は、さようと事もなげに答えた。

六郎太は、未練がましいと思いつつ、

「木場の仕事がまだ片付いておらんが」

という六郎太に、ピシャリとお品が言った。

「もう塩屋の若旦はんは上りだす。元高遠の脇坂六郎太はんとして江戸表へお行きなさいませ。万事、佐々伊平はんが、仕切って下さいますよって」

と、お品は厳しい口調でひと言残して出ていった。

車　善七

大坂湊から、御城米（ごじょうまい）を満載した大坂屋の廻船で、六郎太と伊平は江戸に向かった。

幕府領の産米を積む船を、御城米船といい、一般廻船と厳重に区別し、幕府の朱印旗（しゅいんはた）に御城米と大書していた。

紀伊半端は、黒潮（くろしお）の上り潮、回り潮に影響され複雑に変化している。串本（くしもと）湊半里（約二㎞）ばかり離れた向い島の大島（おおしま）湊は、穏やかな水面の良港で、南の水谷入江には豊かな水が湧き、風待ち、潮待ちをする船が多かった。

廻船の姿をみとめると、船宿の亭主が多くの遊女を伴い、大声で叫ぶ。

「お風呂おめしなんしい」

「お休みなんしい」

千石級の船の着岸は不能であったので、多くの漕（こ）ぎ舟（ふね）が廻船に群がった。船から、おうと応えると漕ぎ船が、

「おぅら、えぇやさ」

と寄って来た。

陽が落ち始めると、おちょろ舟という小舟に、厚化粧に着飾った女たちが廻船に向かって漕ぎ出してくる。

次の難所熊野灘を乗り切る前の男たちが、英気を養う格好の休息の場所であった。

無事に黒潮を乗り切れば、伊豆半島の先端下田湊である。

江戸湊に入るには、ここで厳しい船改めが待っている。

江戸に出入りする人と物を取り締る番所、奉行所の役人が多勢で検問していた。

与力一名、同心二名が乗り込み、宿手形、長持ち櫃などの中まで調べた。

乗船者では、女、僧侶、手負人は老中の証明書を必要とし、番所には廻船取り扱い人百人余りが常駐する厳しいものであった。下田の廻船問屋は番所の検問の下請までが仕事であった。

ようやく江戸についたと思った六郎太であったが、天下の江戸表に廻船が直に着岸できないことに驚いた。

江戸湊へは遠浅の品川沖に、廻船は停泊して小舟で人も物産品も全て沖懸りで廻船から艀船に積み替えたのである。

大坂屋の御城米も艀船に積み替えられ浅草米蔵に運ばれて行った。

廻船は品川沖で碇で停泊しており、小舟の茶舟、湯舟、水舟が乗りつけて来たが、その小舟にも厳しい監視の眼が光っていた。沖瀬取りの際、目を盗んだ抜け荷、盗品売りが多発していたからであった。

廻船から瀬取りされた物産は艀船で日本橋川、京橋川、八町堀など隅田川筋に荷揚げされた。

隅田川の東岸には本所の材木屋、深川の船蔵。西岸には浅草米蔵、谷之倉米蔵が建ち並び、堅川の竹蔵、小名木川沿いには小造船所、六間堀上下の橋の袂に材木置場があった。

六郎太は、艀船で本所の伊平の材木店で初めて江戸の土を踏んだ。

慎重を期した御城米廻送の、大坂からの一ヶ月の船旅は長かった。

江戸の人口の膨張はすさまじく、江戸府内のゴミを埋め立てた干潟十五万坪（約五十万㎡）に木場町をつくり、十一ヶ所に筏などを区分しており、膨張一途な江戸の木材需要のすさまじさと土埃と人足の多さに、六郎太は肝を潰した。

佐々伊平の木材店も繁忙を極めていた。

「将軍のお膝下とは、こういう事か。この者たちの生計はどうなっているのだ」

伊平に連れ出された常盤御門前に拓がっている日本橋の大店前の大通りに群がる人の波を眼にした六郎太の第一声であった。

まさしく商人らしい疑問に、伊平はクスリと笑った。

膨張をつづける江戸には、ご府内、ご府外の申し渡しがあると伊平はいう。御曲輪内から四里の範囲までの所をご府内といい、御曲輪内とは東は常盤御門、西は半蔵門、南は外桜田御門、北は神田橋御門から測ったものらしいが、江戸の土を初めて踏んだ六郎太に判るはずもなかった。

ただ日本橋四十二間（約八十ｍ）が江戸の中心、各街道の起点であることは、普通の道幅の二倍以上の十間（約二十ｍ）幅で理解できた。

日本橋の南の通り一～四丁目までは、あらゆる品物の問屋・大店が軒を連らね、江戸庶民の憧れの大店が多くあった。

中でも越後屋と白木屋は繁昌を極めており、西側の裏もすべて町屋であった。

合戦の絶えて久しい太平の世に、タダ飯を大量に喰って無為に威張ながら暮らす武士に悪口三昧を陰で言い、内心は馬鹿にしている江戸庶民の活力を、これ見よがしに繁昌している大店が江戸の中心、日本橋の様に六郎太は漠然としてであったが感じていた。

「六郎太さま、御存知よりの店へまず参るといたしましょう」

足を止めた伊平は、白木屋の二つ隣りの店の前に立った。

立派な看板には、刀剣鑑定売買処、備前屋唐五郎とあった。

「水戸ご老公の贔屓とあって、諸大名、旗本衆の人気を集め繁昌いたしております」

「へえ、あの遊び人の唐五郎も仲々やるではないか。それにしても、この時世に刀剣が商売になるのかねえ」

商人修行が長かった六郎太には、今どき刀剣商が江戸のど真中で成り立つ得体の知れぬのが、江戸という事かと思った。

湊や物産によって人が集まり、町を形成している他のどことも違う雰囲気が江戸にはある。

天下を把ねる武家の棟梁、将軍の居る江戸城を中心に、江戸の街が形づくられている事が、六郎太にも判かった。

有無を言わせぬ、徳川幕府の巨大な力が集積しているのが、江戸というところだと六郎太は瞬時に思い知った。

「己の仇討ちという宿願も、蟷螂の斧ではないのか」

どうなされた、と不審顔の佐々伊平に、

「うむ」

と曖昧に生返事を返した六郎太は、無言で伊平の後に従って黙々と歩いた。

江戸という巨大な迷路の中に、独り放り出された様な孤独感に六郎太は襲われていた。

「浅草御門を抜け浅草寺境内を往きますが、そのはずれに車善七の小屋がございます。

まず、車善七に挨拶をいたしましょう」

「なに、小屋に挨拶だと。唐五郎に会うのではないのか」

「はい。備前屋は手前方の深川の店に呼びましょう。本日は先ず善七小屋への挨拶でございます」

六郎太は、何年も前であった。方形寺の一岩に、江戸の極道者車善七が六郎太の面倒を見てくれよう、といった言葉を思い出した。

「伊平、車善七とは何者なのだ」

「さあ、ひと言では説明出来かねる人物ですが、あなた様の生計には役立つ人物です」

と、伊平は善七について歩きながら凡の話をした。


車善七は世襲の名前で何代も前から、死刑に処せられた死体の処理と刑執行の諸々の下働きを、町奉行の同心と供に行なう非人の頭を勤めてきたという。

罪人は日本橋の東の者は小塚原へ、西国の者ならば鈴ヶ森で御仕置となったのである。士分の斬首、切腹には検死に御徒目付と与力があたり、同心が首を斬ったが、全て処理は非人頭が奉行に命じられて行なっていた。

善七が江戸市中で有名になったのは、浅草田圃に自費で囚人療養所、溜を建設し囚人を診察させている事である。

幕府拝領の九百余坪（約三千㎡）の地に総板敷に畳をしき、内には竈もあり湯茶などは自分で意のままに飲めたし、風呂も自由に使えたのだから溜は牢内と違って、囚人の病人などには衛生的で、

「何とか病になりてぇ。浅草田圃の溜に入りてぇ」

と羨ましがられていた。

武士を頂点に強固な身分制の上に成り立つ、江戸の社会にあって、最下層の車善七の果している陰の働きは欠く事ができないものであるという。

更に車善七の隠然たる力の源に、江戸城中、大名屋敷を始めとして、御家人の士分は勿論のこと、庶民の裏長屋にも欠く事の出来ない仕事が、糞尿の処理であった。

江戸の人々の食膳にのぼる米麦野菜づくりは、周辺の百姓が供給していたが、その肥料は下肥である。干鰯や灰も使ったが、肥料の中心は汲取人の提供してくれる糞尿であった。

近在の百姓は江戸の人々の糞尿を求めたが、士分の者たちにとっては、糞尿は始末におえない代物でゴミであった。

車善七は、その汲取りの仕事に眼をつけ、手下の者たちの生計のひとつにしていたのである。

伊平は善七の手みやげを、日本橋で念入りに品定めをし、さっさと足を運んでいった。

六郎太は、浅草寺境内を抜け田畑の広がる中を進む伊平の背中をみつめながら、その昔、

方形寺の一岩の言った、極道者じゃ車善七は、の説明とは少し違うなあと思っていた。

やがて田圃のはずれに、汚いあばら小屋が無数に建つ集落があった。

「何という汚さだ。鼻が曲りそうだ」

溝川の放つ異臭が満ちていた。

伊平は、六郎太の不平にも意を介さず先へ往く。

と、田圃のはずれの森陰に巨大な家屋が見えてきた。

「車善七の小屋でござる」

どう見ても二百坪（約六百六十㎡）は超える堂々たる平屋建ての屋敷であった。

「これが、小屋か」

「はい、善七は小屋と言っておりますので」

六郎太はフンと呆れ返った。人を喰った男だと思った。

欅の厚板の式台に出迎えたのは、頑丈な体つきの三十前の坊主頭の若者であった。

「佐々伊平さま。頭がおいであっせと申しておりまし」

お手の物、お持ちしましと差し出した二の腕には毒々しいほどの彩りの入墨があった。

目を留めた六郎太に、

「へい、あっしゃ臥煙の権太郎でし」

とてれ笑いをした。

案内された部屋の造作、調度品は並みの大名でもおよばぬわと、六郎太は改め感じ入った。

善七は異相で大柄な初老に見える男であった。

時候はずれの褞袍を無造作にはおり、どっかと胡座をかき、太くて長い煙管の吸い殻をカンと音をたて灰皿に落した。

ギョロリ眼を伊平から六郎太に向けると、

「お主が、脇坂六郎太さんかえ。方形寺の生臭坊主に文もろうたのは、ひと昔前じゃ。出自は豪傑大名の別家だそうだが、多少は悪さをお覚えなすったか」

いきなり、車善七はいった。

「出自については、詳しくは存じませぬが、父は誇り高く生きて参りました」

「そうかい。仲々、悪さも出来兼ねたかい」

六郎太は、一岩住持を久しぶりに想い出しながら、堅苦しいと思ったが、初対面の善七に両手をつき、

「脇坂六郎太でござる。お初にお目にかかる。主君と父の仇討ちにご助力賜りたく参上仕った次第にござる」

「ははぁん。皮は生剥けという事かい」

「いかさま左様なれど、頭のご指南を何卒よしなにと同道いたしました次第」

伊平の口添えに、善七は居住いを正し、

「ところで過日、柳生宗冬様に野暮用あってお目通りしましたが、宗冬様もお困りの様子でございましたわい。父の宗矩様の病状は、ひどく悪い様じゃ。ひょっとすると、もう冷くなっておわすのかもしれん」

「左様でござるか」

佐々伊平は、当らず触らずに余計な口を挟まない。

「思えば柳生宗矩様ほど、悪縁一生の方もござるまい。

天下の大目付、将軍家刀法指南とはいえ、たかだか一万石では、世帯向きは苦しかったじゃろうぜ。その上、己が狭量のご性分。ずい分と他人を苦しめ、むごい仕打ちが多過ぎた」

六郎太は、非人頭の分際で、軽く天下の大目付柳生家の内実にまで口にする車善七に唖然とした。

善七の意外な語りに口を挟む事もなく、ただ頷いて聞く伊平の姿も不思議に思った。

「いやく。悪さは、すべからく明るく、笑いながらが良い。

それを暗く陰湿に指示をした宗矩様が、十兵衛三厳、柳生義丹を育て損なったのだ。好き勝手に任した科は宗矩様にある」

六郎太は高遠支藩保科正芳と父頼母暗殺に話が及んだ事を知った。

「柳生の悪さは暗い。うっとうしいわさ」

「左様。全く、うっとうしゅうござる」

相槌を打った伊平を、ジロリと見た善七は、それ以上を話すことはしなかった。

「何はさて置き、六郎太どのの生計の事は方形寺の一岩に文を貰って以来、ずっとその事を考えている」

「よい商売がござろうか」

「無くちゃあ、この車善七の面子が立たねえが、お武家の商売は仲々難しいって事よ」

身を乗り出す六郎太に、善七は言った。

「武士らしく、度胸と腰の物を使っての掛け合い稼業だね」

「掛け合い屋でござるか」

「そうよ。乗っても反っても一発勝負の喧嘩屋だ。と言っても強請たかりは、いけねえよ。そこんとこがこの商売の難しい処よ」

そういって善七は高笑いをした。

そして言った。

「実はこの車善七がやりてえ稼業だが、悲しいねえ。車善七の身分には後立がねえやね。身分、教養学問がねえから、談判も強請と取られ兼ねえのさ。それで諦めたって事よ」

仕事はすぐにもあらあと善七は楽しそうに笑った。

佐々伊平が、久々に保科正之に呼び出されたのは、もう半年も前の事であった。

「柳生宗冬殿が苦しんでおられてのう。寛永寺の天海僧正に胸中を打ち明けられた」

将軍家綱の後見役で副将軍でもある正之にとって、天下の秘事を握る柳生家に関わる重大事である。

徳川三代にわたる策略に深く関与してきた天海大僧正とはいえ、四代将軍の政事に直に口を挟むには老齢に過ぎた。

天海を前に保科正之が言った。

「もはや謀臣とは申せ、柳生但馬守宗矩殿は老衰著しく、末期にございましょう。これからの天下に忌しい陰働きは無用と存じまする」

「そうだのう。大権限様、二代、三代家光様と三代にわたり柳生宗矩は、よう働いてくれた。宗矩を最後に柳生一族の重荷を軽うしてやっても良いだろうのう」

天海は軽く言い放ったが、本多正信、正純の親子、金地院崇伝など徳川幕府の基礎固めの中で、柳生宗矩が陰働きに身を削り、数々の権力者相手の暗闘であった日々を思っていた。

あわよくば天海をも葬り去ろうとした宗矩の、並々ならぬ野心を知らぬでは無かったが、本多親子が自滅し、崇伝も京に去って久しい。

そして今、虎の御門口の柳生上屋敷では、跡継の主宗冬が暗く沈んでいる。

謀臣宗矩には、己の病が、死を目前にした大御所家康の症状と同一である事を自覚していた。

それ以上に総領の十兵衛三厳が、不覚にも同じ病に冒され、愚かにも著しく思慮を欠く言動が多々あることの方に憂が深かった。

柳生新陰流の刀術においては、宗矩が一目置く十兵衛であったが、太平の世に謀臣として生き抜く智略に欠ける処がある。

柳生一族が徳川幕府のために果してきた、謀略、謀殺は秘中の秘である。

その一端でも明かされる事になれば、柳生一万石は立ち所に幕府の手によって抹殺されるのは間違いない。

ましてや、徳川家の天下が定まった今日、宗矩の生きてきた時代と同列に柳生を論じる事は出来ない。

にもかかわらず、四代将軍家綱の伯父であり後見人である保科正之を軽々に葬り去ろうなど愚行の最たるものであった。

「手出し無用」

病中の宗矩は十兵衛と義丹に厳命した。

柳生一族が果してきた陰働のすさまじい成果を、当然の如くに身を以て知る十兵衛と弟義丹は父の意向を軽視した。

保科正之に無言の圧力を掛ける手段として、弟の高遠支藩主正芳を暗殺するなど、十兵衛の暴発に宗矩は落胆し苦しんだ。

屋敷奥に密かに臥している十兵衛を宗矩が見舞った時、悲劇は突然起きた。

「父上、三厳を成敗に参られたか」

狂気に蝕まれた十兵衛は、宗矩が大刀を所持し枕辺に立つ姿に逆上した。

大声を発するや、いきなり枕辺に立つ宗矩の膝を抜き打った。

「三厳、狼藉。狂乱じゃ」

宗矩の絶叫に家中が騒ぎたつ中を、十兵衛三厳は大刀を振りかざし柳生上屋敷を逐電してしまった。

柳生の里に逃れた十兵衛を、密かに撃つべく度々放った宗矩の刺客は、名だたる新陰流の手練であったが、十兵衛に歯の立つ者など居るはずも無かった。

いたずらに月日のみが過ぎ、柳生一族間の暗闘と柳生十兵衛の消息について巷の噂も放置できぬことになった宗矩は、

「十兵衛三厳は諸国巡察中にござる」

と触れ回ったが、宗矩を再起不能と見る諸侯は、それを信じる者は誰一人もいなかった。

天下の大目付たる権力は、今や両刃の刃となって落日の柳生一族を暗く覆っていた。

柳生十兵衛の不覚

新吉原の周辺は少しばかり春めき、土手の柳が薄緑色の枝をゆらしている。

明暦二（一六五六）年、幕府は江戸城の眼前に遊女屋街の存在は障りありとして、浅草地区へ移転を決した。

敷地も五割増として、引越金として一万五百両が幕府から、庄司甚右衛門を頭とする名主に支給された。

以前にも増して男性の数が圧倒的に多い江戸で新吉原は大繁昌した。

新吉原へ通う人々は、徒歩であれ駕篭であれ浅草寺の境内を通り抜ける者が多い。

佐々伊平は密かに、保科正之の書状を懐にして六郎太と筋違御門から、御成道を通り新吉原裏の日本堤へ出ようと思ったが、思い直し浅草寺雷門前を真直に浅草川に出た。

浅草寺の賑わいを左に、浅草川を逆のぼると聖天様が見えた。

そこから千住通まで日本堤が続いている。日本堤は荒川の防水堤として築かれていた。

日本堤の上り口に弘願山西方寺があり、佐々伊平が訪ねる道哲の常念仏堂があった。

新吉原が開かれた頃、この近くに刑場があり西方寺は刑死者を引き取り弔った。

そうした人や、やがて隣接した吉原の身寄りのない人を弔い、常念仏堂を自身で建て、その堂内で四六時中唱名を唱えていたのが、土手の道哲であった。

「はて、保科御後見人の書状と申されるか」

一瞬、不審気に書状をとった、道哲の眼は次第に困惑の色が濃くなって行く。

年齢は定かではないが、伊平には道哲が日常鍛えた心身の只ならぬ鍛錬ぶりがうかがえた。

道哲は読み終えた保科の書状から、静かに目を上げると言った。

「折角の会津殿の仰せだがのう、拙僧はこの通り老いた。

だが、柳生内膳正宗冬殿の憂いを払い、天下の御為とあらば是非もない。

土手の道哲の頼みだと申され、吉原の父、庄司甚右衛門をお尋ねなされ」

と短い添文を記め、保科の書状を伊平に返した。

吉原の父、庄司甚右衛門の名は伊平は耳にしていたが、初対面であった。

徳川家康以来、代々の将軍と浅からざる誼を持つ謎の人物とされるが、ならば相当の年輩のはずである。

その様な老齢者に果して、柳生十兵衛との果し合いを依頼して良いものだろうかと佐々伊平は不安に思いながら、五十間道の編笠茶屋の軒をくぐった。

茶屋の亭主は、

「父御(ててご)の所在は誰も知りません。西田屋の二代目をお訪ねなさいませ」

といった。伊平は満更知らぬでもない西田屋に、二代目亭主を訪れた。

道哲の添文を開いた二代目は、保科正之の書状に目通しすることはなく、伊平に返し、

「此の文は甚右衛門に直(じか)にお渡しなされ。大門横の茶店でお待ち下されば、甚右衛門がお伺い致しましょう」

と若衆に丁重に案内させた。

伊平は、二代目の行き届いた応接に、内心、吉原の父(てて)の人柄を見たと安堵(あんど)した。

所在なく待合の辻の茶屋で、絶えることなく往き交う遊客を眺めていると、伊平の前に甚右衛門が姿を見せた。

「お待たせいたしましたなぁ。手前、庄司甚右衛門にございます」

年齢は定かでないが、相当の老人にみえた。

が、肩幅は広く頑丈な胸板は、将に武将を思わせた。

並みの武士らしくないのは、長身でなだらかな弾力に富んだ肢体(したい)であった。

年齢は不詳だが、鬢(びん)に二筋、三筋の白いものが見えた。

「いや、道哲様は手前の兄の様なお人でございましてな。若いころ妙ないきがかりで、

柳生義丹どのと、道哲様が抜き合う羽目になり、私が決闘の場の立合人となったのでございます。

若気に逸る義丹どのは、柳生の面子もあったのでしょう。一気に決着をつけようと道哲様に迫ったのですが、掛声ばかりの義丹殿は、最後まで道哲様の自然体の間合を破る事が出来ず、スタ〳〵と歩を進めた道哲様に後を見せ疾風の如く逃げ去ったのでございます。

以来、私たち二人は意気投合いたしました。

私めは益々、剣技に凝りましたが、道哲様は剣技に無縁の世界に入られました」

「道哲どのは、さほどの剣客でござったのか」

「左様、並びなき達人でございました。が、今では刀などはすっかりお忘れでございましょうな」

笑う甚右衛門に、伊平は膝を進めた。

「不肖、この佐々伊平、いささか剣術修行を致した身。保科の御前たってのご下命に、一命を投げ打つ覚悟にございます。されど無双の十兵衛どのには、とうてい及ばぬは必定。曲げて柳生十兵衛どののお命を断ち下されい」

「ハハハ、そこまで買い被られようとは、この庄司甚右衛門、夢にも思いませなんだ。ただ外ならぬ土手の道哲様に代ってのお役目、もはや命の惜しい歳ではございませぬ。

道哲様の代りに、冥土の土産に不肖、庄司甚右衛門の一命を差し上げましょう。元将軍家刀術指南、柳生十兵衛三厳(みつよし)殿との立合い承知仕りました」

庄司甚右衛門は、あっけない淡白さで十兵衛との果し合いを請け負(お)った。

遊んで行きなされませとの、父御(ててご)の誘いを辞退した伊平は、その足で土手の道哲を訪ねた。

念仏を中断した道哲は、

「それは上首尾(じょうしゅび)でございました。生ける者いずれは必ず死にますわい。甚右衛門もやっと、往生(おうじょう)する気になったのであろう」

常念仏堂に一礼して去る伊平と六郎太の背に、道哲の念仏が追いかけていた。


柳生家は阿修羅(あしゅら)の只中にあった。

病床の柳生宗矩は、十兵衛の一刀を膝に受け、城中への出仕もできず一段と衰えを見せる一方で、兄十兵衛と共に柳生陰集団の陰働きを真向から否定された義丹は、十兵衛の逐電(ちくでん)と時を同じくして、柳生上屋敷に近寄らず、悶々とした怨念の炎をたぎらす日々を送っている。

屋敷に居られなくなった義丹は、今では座頭金(ざとうがね)にまで手を出し、配下の生計に辛苦する有様で、将軍家刀法指南柳生の誇りさえ忘れ果てていた。

柳生隠密の刺客を次々と屠(ほふ)った十兵衛も、柳生の里に身を潜め、義丹からの音信に柳生一万石の零落の足音に悶々たる日々であった。

「おのれ保科正之奴、廻りくどい手段でなく、正之を斬るべきだった」

と将軍後見として着実に地歩を固める正之について後悔していた。

そんな或る日、十兵衛に密かに届いた果し状に少なからぬ驚きがあった。

怒気を含んだ目に、立合人元高遠藩士佐々伊平の名があった。

「片腹痛し。吉原の宰領と高遠藩の浪人如きが、天下の剣客に果し状かっ」

腹立たしい十兵衛は、

「そうか、保科正之の企みか。小癪なり正之、二つ首を揃えて送って進ぜよう。待っておれ」

早速、承知の返書を返し、日時と場所を申し送った。

狂気にはやった十兵衛は、天下一の剣客の矜持と、庄司甚右衛門が何者かを糺すことが欠けていた。

不覚にも、庄司甚右衛門の前身に思い当ったのは後日であった。

「庄司、あの幻術を使う爺か。老ぼれめ」

十兵衛が葛城の山中で、甚右衛門の幻術剣技に誑らかされたのは、道々の輩と甚右衛門が遍歴していた若い修行時代であった。

遅れて咲く柳生山中の山桜も満開であった。

清流が形づくった緩やかな河原には、決闘者四人の人影しかなかった。

巨岩の上に立って待ち構えた二人を見て、十兵衛は確と思い出した。

「庄司甚右衛門、あの時の幻術使いに間違いない」

過ぐ日、弟義丹が土手の道哲に遅れをとった時の立合人は、庄司甚右衛門であった事を思い出していた。

幻かしの剣法などが、この柳生十兵衛に通じる筈はないと内心、冷笑していた。

「猪口才なり、庄司甚右衛門。保科正之如きの口車にのり、この柳生十兵衛三厳に挑むとは身の程知らぬ戯け者だ。

正之の弟正芳と腰巾着を殺したのは、紛れもないこの十兵衛だ。返り討ち覚悟でかかって参れ」

巨岩から身を翻した甚右衛門に、十兵衛は猛然と走りながら、大刀の鯉口を切っていた。

股立ちをたくし上げた伊平は、巨岩上から十兵衛の立合人とその周辺に眼を配っていた。

柳生の常套である伏兵を警戒したのである。

庄司甚右衛門は、筒袖と軽衫姿で十兵衛を待った。

二間に迫った間合いで、二人の大刀は同時に払われた。

十兵衛は大上段に、庄司は八双に構えた。

やがて十兵衛は刃を、すっと青眼（せいがん）に移した。つられる様に、甚右衛門の切先きも中段に下がった。

じり〳〵と動くともなく、静かに両者は間合（まあい）を詰めていく。

柳生新陰流の真髄を極めた、必殺を秘めた奥義（おうぎ）の青眼であったが、庄司甚右衛門は、それを静かな気迫（きはく）で受け止めた。

いつ刃風を呼ぶのかと思えるほど、長いながい刻（とき）が過ぎていった。

と、ヒラ〳〵と散る山桜のひと片（ひら）が、十兵衛の三ツ頭（みつがしら）にピタリと止まった。

「ううっ」

一瞬、十兵衛の眉間（みけん）に幽（かす）かに苦悶の皺（しわ）が寄った。

まるで切っ先に重い漬物石（つけものいし）を置かれた程の重量を感じた。

転瞬、それを打ち払うかの様に、十兵衛の上段に移った大刀からの刃風が甚右衛門を斬り下げた。

二つの刃が火花を散らし、焦（こげ）た鉄の匂（におい）を伊平は感じた。

が、その刹那、甚右衛門の刀身が一瞬消えた。

と、姿なき甚右衛門の刃が真直に、十兵衛の胃腑（いふ）を貫（つらぬ）き通していた。

「ぐぐっわっ」

十兵衛は、目をかっと見開き甚右衛門にぐっと体を寄せて、

「甚右衛門、またもや幻術かっ」

「これはしたり。天下一の剣客に幻術など通じますまい」

そういい放った庄司甚右衛門は、渾身の力で刃を引き抜いた。

よろめく足を踏ん張った十兵衛は、並みはずれた膂力で、逆袈裟に甚右衛門の胸を薙いだ。軽衫が裂けた。

瞬間、甚右衛門の太刀先が十兵衛の喉首を裂いていた。

びゅっと竹笛の鳴るような音をたて、噴出した十兵衛の血が、山桜の落花を真赤に染めた。

庄司甚右衛門一瞬の技の冴えであった。

黙って六郎太に頷いた佐々伊平は、主君正芳の脇差で、柳生十兵衛の首を討った。

討首を清流できれいに洗い首桶に納めた二人は、追っ手を避け一挙に伊賀山中を駆け抜け、江戸に向かう廻船上にいた。

潮流の速い黒潮の大きなうねりに、十兵衛の首桶と脇差を投じた。

しばらく、波上に漂った十兵衛の首は、やがて海中深く沈んでいった。

脇坂六郎太が、佐々伊平に伴われ車善七を訪ねた時、さり気なく善七が、

「如何でござったかな。十兵衛三厳の最後は」

と問いかけた一言に、

「恐い男だ善七は」

と伊平が六郎太に呟(つぶ)やいたのは、誰も知るはずの無い柳生山中の庄司甚右衛門と十兵衛の決闘の様(さま)を善七が把(つか)んでいたからであった。

万相談掛合い処

脇坂六郎太は、江戸での住い探しに伊平を訪ねた。

「深川の木場なら、身を隠すに好都合の地でありましょう」

手前の木材店は如何かと言ってくれたが、六郎太は断った。

「もはや身を隠す気はない。証拠は十兵衛の最後の言葉だ。暗殺集団が柳生であると判明した以上、公然と仇討ちをやりたい」

「柳生一万石、天下の大目付に正面切って名乗りかけるなど、あまりにも無謀でござる」

「左様。江戸に来て、素浪人の身の程を知らされた。合戦など思いもよらぬ。頭領に此の脇坂六郎太を狙わせる」

このころの本所、深川は隅田大川に掛けられた両国橋、次いでつくられた新大橋の完成によって、府内と大川向うは直接つながっていた。

郡代支配地が、町奉行支配となって名実ともにご府内であった。

伊平と別れた六郎太は、日本橋の備前屋唐五郎の店に足を向けた。

車善七のいう、掛け合い屋を生計（たつき）にするには、出来るだけ人眼につく、目貫（めぬ）き通りが良い。

そこで備前屋を訪ねたのである。

武家の町江戸は、江戸城を中核に武家地が割り付けられ、町人地は脇役であったが、唯一、日本橋一帯は例外であった。

徳川ゆかりの諸国の町人も武家（ぶけ）同様に無償で屋敷地が付与されたが、間接的には軍役を請負う拝領地（はいりょうち）であった。

従って拝領商人地は、他者に土地を貸地として地代を得る事が出来た。

日本橋の界隈（かいわい）には、雑多な職、階層の人々が群れていたが、参勤交代で国許（くにもと）から出てきた者、国へ帰る者、旗本、御家人、大名屋敷詰めの家士や家族等江戸の人口の約半数は武家であった。

訪ねた備前屋は、良い着眼と賛成してくれた。

「越後屋か白木屋に借地をお願いしてみましょう」

と備前屋唐五郎の尽力があって、越後屋の物置小屋が入手できた。

車善七も、脇坂六郎太の掛け合い屋稼業には、打ってつけの場所だ。あなたは良い仲間に恵まれておりやすねえと喜んだ。

越後屋に足を運んだ人々には、嫌でも目につく六郎太の小さな城である。

備前屋が手配してくれた大看板は、二間の欅の厚板に刻み込んだ文字は黒々と、

〈万相談承り処　もの事掛け合い致し候
　剣法指南　高遠藩浪人　脇坂六郎太〉

と大書され全て金色の縁どりがしてあった。

しきりに照れる六郎太に、

「江戸は万事、大袈裟でいいのです」

と唐五郎は言うし、善七も、

「宣伝、人の口にのぼってこその商売でぇ」

手を叩いて喜ぶ両人によって、六郎太は江戸での生計の第一歩を踏みだした。

たちどころに、さる藩の剣法指南が舞いこんだ。

指南を終え帰宅すると車善七の若衆が待っていた。臥煙の権太は用件を知らされておらず、

「主人が急いでお出あっせと申しておりやす。へい、脇坂の旦那しか出来ねえ、乙な仕事だと言ってきなと申しやした」

権太と連れだった善七小屋は、いつもながら人の出入りで騒々しかった。

「ふてえ旗本野郎を蛙を地面に叩きつける様に伸してやりてえ。天下の掛け合い屋のしょっぱなの仕事だぁね」

と口角、泡をとばして語る話は仰天ものであった。

「そんな没義道が江戸にはござるのか」

「だろう。この大江戸で決して許しちゃなんねえ不埒な所業なんだよ」

武家だけに許せねえと善七はいった。

掛け合いの相手は、四百石河内出雲守という高禄の旗本である。

その旗本出雲が、宏大な屋敷建築をしていたが、着工以来材木などの諸資材はおろか、大工、左官等の代金、賃金を一年間にわたり一銭も支払わず、再三の催促にも、

「払わぬとは申さぬ。只今、手許不如意につき、しばらく待て」

の一点張りで埒があかない。

材料を売った商人もさる事ながら、賃仕事で暮らす職人賃金も一年も支払わぬ旗本は許せない、と六郎太の怒りが燃えた。

「掛け合いは善七殿もなされたのか」

「当り前よ。こちとら弱い者が泣かされているのを、見てみぬふりはしておれねえや」

しかも、掛け合いに行った善七の手下の前に立ち塞がるのが、旗本屋敷に屯ろする無頼武士だという。

それが善七は柳生下屋敷から追出された、一癖も二癖もある武士らしいと言った。

「いや、当てずっぽうではねえんですよ。柳生の下屋敷に出入りしている無頼漢の話に

よると、柳生の下級家士のお手当てが打ち切りになったとかで、ふてえ旗本河内に飼われている様で」

「なぜ柳生と見当をつけた」

「とにかく、野郎共は腕が立つ上に、やり口が尋常じゃねえ。わし等の小屋者を谷者に襲わせる様に仕組んだり、因縁をつける手口を教えたりと、単に強請りたかりだけじゃねえ。落ち目の柳生一万石じゃ、下々までの面倒はみられねぇって事じゃねいですか」

「そうか、柳生もからんでいるか」

怨敵、柳生の名まで出てきた以上は捨て置けない。

「よし、初仕事だ。掛け合いの手を考えてみようではないか」

と善七に答えその足で深川の伊平の店へ行った。

伊平も同業の木材屋が被害に合っている噂があると言った。

苦衷にある大工棟梁は見知らぬ仲でない。何とか掛け合ってやろうではないかといった。

「河内出雲と申す旗本の所業については、町奉行に問い合せてみよう」

伊平の賛意を受け、六郎太は河内出雲守の新築屋敷を検分する為に現場に立った。

なるほど豪勢な邸宅であった。

「只で建てられるなら、お城でも建たぁね」

善七の憤懣やる方ない言葉どおりであった。

江戸城の濠外の旗本屋敷は、城の守りとして、ひしめき合う様に土地屋敷が貸与されていたが、中には逼塞しいずこにか逐電したり、旗本株を商人に売ったりする者もあった。

旗本二百石谷主膳は、そうした一人であり、家屋敷は放置され荒れ放題であった。

それに隣接する旗本河内出雲守が眼をつけ、豪勢な邸宅建築を始めたのが一年前である。

当然、幕府に返還されるべき谷の屋敷地だが、昨今では規則が等閑にされているらしく、河内出雲は四百石と裕福であったから、図々しくそ知らぬ顔で建築を始め、近く完成する。

にも拘わらず、材料代、大工等の賃金さえも払ってもらえぬと善七に棟梁が泣きついた。

捨ておけぬと掛け合った、善七の手下が散々に打ちのめされたのが、河内屋敷に巣喰っている渡り仲間や無頼武士であった。

「払わぬとは申していないに拘わらず、再三の催促とは片腹痛いと門前払いの始末」

「いかさま、増長慢もいいところでござるのう。しかし他者の拝領地を無断で私するは明らかにお上を愚弄する行為。大工棟梁から奉行所へ訴えさせてはどうじゃ」

「情理をつくしても通用しなかった野郎だ。没義道な奴には剣突を喰わすしかねえや。六郎太さん、ここは武士らしい掛け合いで始末してくんねえか。痛い目に合わせねえと、腹の虫が、どうにも納まらねえ」

善七は強硬(きょうこう)であった。

「そうか。お上にお灸(きゅう)をすえてもらうは後の事として、それがしの腹案はこうだ」

六郎太の作戦を聞き、

「そいつぁ良(い)いや。派手なところはこの善七好(この)みだ」

と手を打って喜んだ。

「そなたの手下(てか)や、深川の若い衆の力も借らねばならんが」

と六郎太の最初の掛け合いは荒事(あらごと)となった。

車善七の手下と、佐々伊平が声をかけた河岸の若い衆がワンサと集まった。

「掛け合い屋、元高遠(たかとお)藩士脇坂六郎太でござる。貴殿の新築御殿を手がけた、大工棟梁(とうりょう)浅草寺裏五郎蔵の名代(みょうだい)として参上仕(つかま)つった。諸々の資材代金、職人賃金を合せ二千両を申し受けたい」

六郎太の突然の掛け合いに、旗本河内出雲は鼻でせせら笑った。

「これは慮外(りょがい)な、身共(みども)は一度たりとも支払わぬと言った覚(おぼえ)はない。まして二千両とは埒(らち)外(がい)な金数(きんすう)。浪人ごときが天下の直参(じきさん)旗本に対しほざくとは無礼千万じゃ」

「これまで再三の催促なれば、お支払い頂けると聞き上々(じょうじょう)。ただちにお支払い頂こう。遅延の節はここに書面に記(したた)めた通り、以後、十日間で一割増で申し受ける。この約定に応じられぬとあらば、当方で相当の措置を以て対抗させて頂く所存にござる」

「相当の措置とは、やくたいもない。存分におやりなされい」

どこかの小藩の喰いつめ浪人の強請りと思ったのか、何ほどの事があろうかと、周辺に無頼武士を控えさせ胸を張って応じた。

支払う気持が豪もない、と六郎太は感じた。

だが五日がたち、旗本河内は腰を抜かさんばかりに驚いた。

百人にも余る血気の若衆が、大きな丸太を荷車で新築中の屋敷に運びこむや、ヨイショ、〳〵と丸太を直立させ、次々と大木を新築したばかりの家屋に倒しかけた。

破損した柱や鴨居に鳶を打ち込み、次々と引き倒し出した。

「何をする。許さぬ、〳〵」

と旗本はじめ、屯ろする無頼者の頭上に太い丸太がのしかかり、葺き上がった瓦が舞い飛んできた。

掛け合い屋、脇坂六郎太は懐手で悠然と無頼を働く若衆たちを見守っている。

高遠藩浪人と名乗った浪人と耳にした、柳生の無頼剣士が掛け合い屋の顔を見て跳び上がった。

まさしく追い求める脇坂六郎太だと、柳生義丹へ注進に及んだ。

柳生下屋敷に隠れ住む義丹だが、

「おのれ猪口才なり宗冬。柳生新陰流開祖石舟斉宗厳の極意を受け継いだのは、兄十兵衛と此の義丹だ。脇腹の宗冬ごときが、将軍家刀法指南役など我慢ならぬ仕儀だ」

宗冬に呼び出された義丹は、昨夜の苦々しさに一睡もできなかった。

上座にいる柳生宗冬は、宗矩と十兵衛の死後、柳生一万二千石を継承している。

宗冬は苦悩をにじませて言った。

「義丹、そちは柳生の里へもどれ。柳生谷二千石と柳生の館を守るのが、そなたの役目だ。もはや江戸在府は許されぬ」

「なんと、それがしを高が二千石で柳生へ追い払うと申すのか」

「いかにも。父宗矩と兄十兵衛亡き今では、そちの住まう地は、この江戸には寸土もない」

「容赦ならぬ妄言なり。兄十兵衛と某が父宗矩の命ぜられ為してきた、陰働き、汚れ役のお陰が今日の柳生一万二千石大目付ではないか。白日にさらせぬ天下の秘事が、露わになれば柳生一万石など消し飛んでしまうぞ」

「そちは、将軍家を脅そうというのか」

「柳生あっての徳川の天下だ。宗冬どのよ、兄十兵衛や某の陰働きを虚仮にする将軍家なら、眼にもの見せてくれるわ」

「たわけ者めが。柳生には陰働きなどと言うものは一つとして無い。ましてや、白日に晒(さら)され困る秘事が、徳川将軍家に有ろうはずもない」

「宗冬どの、お手前は柳生一族が宿命として背負ってきた、柳生の陰の力を自ら捨て去ろうとなされるのか」

「義丹、そちは時の流れが分っておらぬ。己を知るのだ義丹。おとなしく柳生の里に去るが良い。いたずらに昔日の夢を追うでない」

口惜さに身を震わす義丹を残し、柳生宗冬は後も見ず奥に去った。

おのれこれまでと、一太刀浴(あ)びせようとしたが、静かに去る宗冬の背は、鯉口(こいぐち)を切らせぬ磐石(ばんじゃく)さであった。

義丹は、再び見る事もないであろう柳生の上屋敷を、宗冬を打ち込めぬ悔しさに身を震わせながら、足高高く出ていった。

秘かに番(つが)えられている、忍矢(しのびや)に一顧(いっこ)だにせぬ義丹の背にも一分の隙(すき)もなかった。


日本橋大通りの越後屋周辺は、時ならぬ人が群れていた。

旗本大身(たいしん)河内出雲と、掛け合い屋の高遠藩浪人の対決とあって、物見高い江戸っ子が見逃すはずがない。

「強突(ごうつ)く張(ば)りの旗本退治(たいじ)だとよお」

「場合によっちゃぁ、血の雨が降るのよ」

「車善七も一帳かんでるらしい。肥桶かついだ小屋者が、ご浪人に荷担してるてさ」

「それじゃぁ、日本橋界隈は糞尿だらけになるってかよ」

無責任に騒いでいる中へ、中間に馬の口を取らせ、馬の両側に武士二人、鋏箱持ち、槍持ちと、四百石の格式を整えた旗本河内出雲守が笠を被り、ふん反りかえり六郎太の店へ乗り込んできた。

近場の八丁堀からも、膝もとの騒動は捨て置けぬと、同心を伴なった与力が出張って、物々しい雰囲気となった。

「これは〳〵、河内出雲守どのにはようこそのお出まし恐悦至極に存ずる。早速にも約定の二千両を頂戴仕りまする」

と、六郎太は大声で叫んだ。

「無礼者めが。わが屋敷を無法にも打ち壊し、法外な金銭を強請る所業は許し難い。旗本四百石、河内出雲守が不逞の輩を成敗に参った。この場で謝罪いたさば、瘠浪人の事ゆえ許さぬこともない。どうじゃ、脇坂六郎太」

河内出雲守も負けじと大声を放った。

強気な旗本の脇に、怒りの眼を向ける柳生義丹の顔があった。

ついに餌に喰らいついたと、六郎太と伊平は内心にんまりとし、静かに六郎太が言った。

「旗本河内出雲殿に申し上げる。お主は今、打ち壊せし、我が屋敷と申されたが、私共が打ち壊した家屋は、元旗本谷主膳どのの拝領屋敷地に不法に建てられたもの。幕府に無断で谷主膳の土地を横領し、私せんとした戯け者に鉄槌を下したまででござる」

「な、なにいっ」

「図星でござろう。幕府の土地を隣接をよいことに私曲しているとなれば、旗本四百石河内出雲守は、即刻、蟄居閉門。家名断絶、お主の切腹はさけ難かろう」

旗本河内は返答に窮し、眼を白黒させていた。

六郎太は追い打ちをかけた。

「されど横領地とは申せ、あの宏大な家屋の施主はお主である。その材料資材、大工等の手間賃は職人の生計である。四百石の大身旗本が、今日まで一年余にわたりビタ一文支払わぬは言語同断。ただちにお上のご裁断を仰ぐ所存じゃ」

「待て、〳〵。話せばわかる、支払わぬと申してはおらぬ」

馬から跳び降りた旗本河内は、形勢不利とみた。這いつくばらんばかりの低姿勢に急変していた。

「ところで、お手前の脇にあるは、柳生義丹殿でござるな。

ははん、お手前は柳生家を後立てに幕府地の横領を企れたのか。

事は天下の一大事となり申す。何となれば、柳生義丹はわが主君、亡父の仇敵ゆえ、ここで会えたは天の恵みだ。柳生義丹、潔よく尋常の勝負に及ばれい」

「おう小ざかしい若僧よな。返り討ちを所望するとは殊勝なことよ」

義丹が二、三歩踏み出た途端、佐々伊平が大声で一喝した。

「浅ましや柳生義丹。うぬは御府内、まして此の様な江戸の真只中での白昼の決闘で柳生一万二千石、将軍家刀法指南を投げ捨てるとは、天下の柳生も地に墜たのう」

ぎくりとした柳生義丹は、この掛け合いの場に佐々伊平の姿を見て、合点がいった。

あの憎むべき保科正之が、この掛け合いの場を柳生潰しに利用している。

取り巻く群衆は、仇討ちだ。柳生をやっつけろと、六郎太と伊平を応援している。

「計られたか」

無念な思いを捨てて、恥も外聞もなく裏柳生らしく義丹は素早く姿を消した。

完膚なきまでに打ちのめされた、旗本河内出雲は六郎太に約束を飲まされた。

「二千両は以前の約定。今日では二千二百四十両でござる。座頭金より安い利息でござる。明日、午の刻を過ぎますれば、二千四百六十両を頂戴いたしますぞ。お判りでござるな」

六郎太の掛け合いに、否も応もなく旗本河内は、悄然として引き上げていった。

「途方も無い悪さ者に育っていなさる。廻船問屋塩屋清三郎というお人にお目にかかりてぇもんだ。十年余に及ぶ商人修行は無駄じゃなかったということだねえ。血は争われねえや」

六郎太の初仕事の上首尾に、一番喜んだのは車善七であった。

木材代金ほかの資材費、大工ほかの賃金の全てを、細ごまと支払って回ってくれた善七は、

「六郎太どの、〆て残金千五百両余りだぜ。種銭として無駄にしちゃあいけねえよ」

と言って自分の手間賃は、

「沽券にかかわらあな」

と受け取らない。善七殿にではない。手下の生計に使ってほしいと言うと、

「それじゃあ、頭の立つ瀬がねえや」

と六郎太の差し出す金には、ついに手をつけなかった。

裏柳生を襲撃

復讐の焔に焼かれた、柳生陰集団の頭となった柳生義丹であったが、常に兄宗冬の刺客にも気を配らねばならぬ身となっていた。

江戸の柳生屋敷を追われた義丹は、配下二十余名の身を密める場として、五百石の老朽船を入手した。

品川沖に停泊し、宗冬からの刺客に眼くばりをする一方で、脇坂六郎太と佐々伊平を討つ機会を狙っていた。

江戸地に寸土の安住地も持てなくなった、義丹にとって広い大海原しか残されていなかったのだが、さすが柳生陰集団らしい卓抜の隠れ家であった。

日々、漕ぎ出す小舟の配下が、物資と情報を持ち帰って来る。

義丹一味が品川沖に停泊する、老朽船を根城にしていると探りあてたのは、佐々伊平の手の者である。

保科正之の家中であった伊平は、正之が家光の命によって四代将軍家綱の後見役になった時、密かに保科正之の身辺警護をする、隠密お庭番を束ねていた。

高遠支藩において正之実弟正芳と、佑助として従っていた脇坂頼母の暗殺をみす〳〵許した後悔は余りある。

頼母が菩提寺に外出する主君に付添い、伊平は城を預かる城代格として残っていた。まさかの油断をつかれた失態であった。

配下の報せによれば、義丹の柳生陰集団は潜伏先に老朽船を選んだのは卓抜であったが、余りにも海を知らなすぎた。

絶え間なく揺れ動く船体と、狭い船内生活での船酔いに悩まされ、飲食も出来ないほどの衰弱をする者もある。

「辛棒たまらず、義丹は一日も早く陸に上りたいと焦っている様子が見受けられます」

配下の報告を受けた伊平は、ただちに義丹の老朽船の根城を襲撃すべしと決断した。

保科正之は、二代将軍の四男という出自に加え、天海大僧正、水戸老公光圀、三代家光の後ろ盾を以ていずれ天下の大立者になる。

さすれば、大目付柳生但馬守の権謀術策も通用し難くなること必定である。

そうした柳生宗矩の心底を、十兵衛三厳と裏柳生を率いる義丹が感じ取らぬ訳がない。

老齢と病魔に冒された宗矩の混沌した意志が、十兵衛、義丹の正之実弟正芳の暗殺という短慮を招いたと佐々伊平は読み取っていた。

宗矩、十兵衛亡き今こそ、裏柳生の殲滅(せんめつ)を計り、保科正芳と脇坂頼母の仇討を果たそうと決意した伊平に、六郎太に異存があるはずはなかった。

「義丹の息の根を止め、陰集団を一網打尽(いちもうだじん)に討ち取るは、奴等が船中にある今、火矢(ひや)攻めが良策と存ずる」

伊平の策に、やっと亡父頼母の無念が晴らせると六郎太の胸は高鳴った。

伊平は手の者の中から、水練達者の伊賀忍(いがにん)を選び、深川の木場の若衆、車善七は屈強な小屋者(こやもの)と肥汲舟(こえくみぶね)の漕手(こぎて)と、小舟三十艘を集めた。

三十石船には、焙烙玉(ほうろくだま)、油を満載して六郎太と伊平が、指揮をとった。

寅の刻(午前四時頃)、ひた〳〵と波打つ静かな引き潮流にのり、流される様に小舟は五百石積みの老朽船に近づいていった。

月の薄明りの下の老朽船は、静まりかえり黒い城のように立ちはだかっていた。

老朽船の周囲に、火矢、縄梯子(なわばしご)を展開する小舟を見定め五百石船に火矢を放った。灯火の様に燃えさかる間を縫って、縄梯子の鉤縄(かぎなわ)が船の舷側に投げられた。

縄梯子を伝って、密かに船側に忍び寄った伊平の手下(てか)の合図で、次々と油と焙烙が船上に持ち上げられた。

甲板上に寝入っていた警固を、伊賀忍が声も無く仕留(しと)めていた。

「火をかけろ」

伊平の声とともに焙烙（ほうろく）が、次々と投じられた。

すさまじい爆音と同時に、火焔（かえん）を上げ燃え盛る老朽船から、次々と陰柳生の配下が跳び出してきた。奇襲に慌てふためく陰柳生の忍（しのび）たちは、半弓（はんきゅう）に射られ、油の甲板に転倒し、海中に逃げようとした。

轟々とすさまじく燃え盛る陰柳生の五百石船は、まさしく地獄絵さながらであった。

「引けい。退船せい」

一斉に下船し小舟に移った陰柳生の配下を見届けた伊平は、次々と小船に向け火矢を発しさせた。

船辺、甲板に突きささった火矢の延焼で、またたく間に老朽船は、巨大な棺桶（かんおけ）と化していった。

「一人たりとも取り逃がすな。海中に沈めよ」

六郎太の絶叫に、海中に逃れた陰柳生の配下は、次々と待ち受ける小舟の半弓、槍、棍棒、刀で傷付けられ海中に沈んでいった。

紅蓮の炎から、我先に海中に跳ぶ陰柳生は、一人残らず海中に沈み、やがて老朽船も大きな渦とともに海中に没したが、

「義丹（ぎたん）を見つけよ。裏柳生の首魁（しゅかい）を見つけよ」

声の限りに大声を発する六郎太であったが、どこにも柳生義丹の姿はなかった。

凄まじい皆殺しの戦闘に、六郎太の心は激しく揺れたが、主君と父頼母の仇を討つための長い〳〵苦闘の歳月を思い出し、必死に耐えた。

「長引いては、船番所が出張って参ります」

冷静な伊平に促され、打ち漏らした柳生義丹に心は残ったが、無残に焼け落ちた五百石船を後にした。

「義丹は生きております。凡く焼け落ちた残骸に潜り込んでいるのでござろう。まだ、戦さは続きまする」

明け始めた品川沖から、襲撃を終えた小舟集団は撤収していった。

生き残った陰柳生の義丹一味は、必ず漂着してくるとみた六郎太たちは、北は佃島、鉄砲州、芝浦、金杉橋から品川の浜に網を張り義丹を待ち受けた。

三日が過ぎた。

「ついに取り逃したか」

浜御殿（はまごてん）の広大な屋敷地の見渡せる高場にいた六郎太は、柳生義丹の姿を見つけた。

義丹は傷ついているらしく、配下に押された板切れに乗せられ、浜辺にやっとの感じで辿（たど）りついた。

足腰を痛めている義丹は、配下の肩を借り浜御殿に近づいてきた。

六郎太は、やおら腰を上げ義丹（ぎたん）の眼前に立った。

一瞬、大きく目を見開いた義丹が立ちつくした。

「命冥加だな柳生義丹。さすが裏柳生の頭だ」

憎々し気に六郎太を睨みつけ、痛むらしい膝を踏んばり腰刀を引き抜いた。

義丹を庇うように忍刀を構える配下の男に言った。

「感心じゃ。義丹を見捨てずに、よう連れ戻った。名を聞こう」

「狭川次郎左衛門、新陰流皆伝の身だ」

「次郎左衛門、義丹の傷は深いと見た」

狭川と名乗った男は答えなかった。

「柳生義丹、一と月もあれば傷も癒えよう。改めて決闘を申し入れる。一と月後の卯の下刻（午前六時過ぎ）、吉原の日本堤に狭川と二人で参れ。土手の道哲様に西方寺の境内を借り受ける。存念や如何に」

「承知。その時がうぬの今生の別れだ。柳生新陰流奥儀を確と見舞ってやろう」

「へらず口はよい。もはや、逃げ隠れはならぬ」

去りゆく義丹を見送る六郎太に、甘いぞ六郎太、と亡父の声が聞こえた様に思った。父を騙し討ち同然に殺した怨敵であった。

「良いのです父上。六郎太は死人を斬る刃は持ち合せておりませぬ」

懐手の六郎太は、晴やかな気分で浜御殿の潮風に吹かれていた。

見上げる東雲(しののめ)は、今日一日の日本晴れを予測させている。

約束の卯の下刻には早かったが、備前屋唐五郎に別れを告げ、手入れをした父の遺刀を受け取った六郎太は、着流しの博多帯に二刀を手挟(たばさ)み、雪駄(せった)ばきの浪人が、大川の風情を楽しむかの姿で、吉原の西田屋の店前に立っていた。

もはや六郎太には、主君と亡父の仇を討つといった肩肘(かたひじ)張った思いは無い。首謀者の柳生但馬守宗矩、後継の十兵衛三厳も死んだ今、柳生義丹は、六郎太に残されたただ一人の宿敵であった。堅苦しい肩衣(かたぎぬ)も袴(はかま)も脱ぎ捨て、剣士として義丹と剣技を競う心境にあった。

「命のやり取りに熱を上げるなど、今どき稀有(けう)な者共でござるなぁ。まあ、浮世の義理なんて言うものは、得手(えて)してそういうものでしょうが」

吉原の父御(ててご)庄司甚右衛門は、筒袖(つつそで)と軽衫(かるさん)に小刀を帯に、六郎太に従った。

道哲様にひと言ご挨拶を、という六郎太に別れた甚右衛門は、西方寺の境内を独りで、ずんずん歩いていった。

境内には佐々伊平が、一人の配下を伴い立っていた。

「さすがに今日は、ひとりの裏柳生(うらやぎゅう)の忍(しのび)も姿を見せておりませぬ。念の為、わたしの手下(てか)も周辺を確認後に大川の河原まで下げました」

伊平も庄司甚右衛門も、六郎太が傷を負った義丹を浜御殿から加療のために去らせた心中を察していた。

「六郎太どのも、剣士として心おきなく立合いたいのでござろうよ」

二人は柳生十兵衛を葬った壮絶な決闘を、遠い日の出来事のように思い出していた。

野鳥の鳴き声が、ピタリと止った中を、柳生義丹が配下の狭川一人を従え近づいてきた。

その後を追う様に十間ばかりを隔てて、六郎太が歩いてくる。

先を歩く義丹は足を止め、くるりと振り返った。

「約定を違えずよう参った。義丹、傷は癒(いえ)たか」

「念には及ばぬ。いつ何どきでも人を斬るに、刻(とき)と場所を選ばぬのが柳生流だ。今日は存分に叩き斬ってやろう」

柳生義丹は、狭川を後に退け、大刀をギラリと抜き払った。

二間の間合いに迫った時、六郎太の指が柄にかかった。

伊平と甚右衛門を眼の片隅においた義丹は、大きく右に廻る。

と、義丹の抜身が、一瞬、その影に消えた。

やがて、消えた義丹の大刀が徐々に姿を現(あら)わしてくる。

「新陰流春霞(かすみ)の太刀――」

伊平が甚右衛門の耳許にささやいた。

六郎太は柄を握ったまま、低く〳〵地を擂るほどに低身になり、動くか動かぬかの静けさで義丹ににじり寄って行く。

義丹の刃が姿をあらわした転瞬、六郎太の体が二倍にも伸び上がり、刃風すさまじい逆袈裟からの大刀は義丹の胴を切断したかに見えた。

僅かに見切った義丹は、右八双に構えを取った六郎太に、

「ううっ」

と、無言の気合いを発した義丹の大刀が、六郎太を真向唐竹割りに斬って下ろされた。

凄まじい刃風と共に打ち下された義丹の刃に、擂り合した速い六郎太の一閃の大刀筋が、鉄を焦がす匂とともに、義丹の刃の鍔を削ぎ、柄を握る腕を切断していた。

呻く義丹の足許に、大刀を握った腕がドタッと落ちた。

刹那、噴出する血飛沫に真赤になりながら、義丹は左手の脇差しで六郎太の胴を薙いだ。

袖下を切られ跳びすさった六郎太が言った。

「もう良い、終った。狭川次郎左衛門、早く止血をいたさねば義丹は死ぬぞ」

血刀を下げたまま、六郎太は伊平と甚右衛門をふり返った。

二人は黙って頷づいていた。

朝方、挨拶に出向いた土手の道哲は、

「人の根絶しほど、阿漕ぎな悪業はございませぬ。生命が果てれば、全てが果てまする

でな」

念仏を中断して、道哲は静かな口調で六郎太に呟いていた。

将軍お目見得

「保科の御前から声が掛かり申した」

と佐々伊平が言ったのは、柳生義丹との果たし合いが終り、十日ばかり過ぎた頃であった。

会津二十八万石の太守となった保科正之は、兄である三代家光の遺言によって、四代家綱の後見人として幕閣にあったが、老中首座前橋十七万石、酒井雅楽頭忠清を年輩者として常に立て、控えめな副将軍と称されていた。

柳生但馬守宗矩と二人三脚で、幕閣を自在に操ることを無上の喜びとしてきた酒井忠清であったが、宗矩の死去以来は保科正之に急接近していた。

その忠清が、

「会津殿、三代家光様の遺文をお持ちとかの噂でござるが、その様な書状がござるのか」

と糾してきた。正之が、

「ございませぬ。そのような噂話をどなたが申されたのでござるか」

「いや、柳沢吉保が、酒井大老に一寸お耳に入れておく話かと存じますと聞かせてくれてのう。噂話だと申しおったが、近頃、急に伸し上がって参った柳沢の耳打ちであったので、ひょいと思い出した。お気にめさるな」

したたかな酒井雅楽頭は笑っておったがのう、と保科正之は佐々伊平にいったそうだ。次の五代将軍の一人に目される上野館林藩主徳川綱吉の寵臣で近ごろ幕閣にも知られる身となっている柳沢吉保が、どうして家光の遺文の事を知ったのか。

六郎太には、幕閣のやり取りなど一向に関わる身分ではないと聞き流したが、深川の材木店を番頭に任せ、用人として会津藩邸で、正之の側近くにいる伊平には気掛りな噂話であった。

会津藩邸は江戸城西の丸につづく、辰巳櫓下の宏大な城の一角にあった。

佐々伊平に伴われ出仕した邸宅は豪荘であった。

「おお、脇坂六郎太よう参られた」

気さくに迎えた保科正之は、笑顔で上座から二人に声をかけた。六郎太は居住いを正し、

「御前には恙なくおわしますること、恐悦至極に存じ上げます」

平伏し挨拶を言上する六郎太に正之は、

「いや〳〵。今日はのう、両名に弟正芳と脇坂外記頼母の無念を晴らしてくれた礼を、改めて申したく招いたのじゃ」

「いえ長い歳月と数限りない方々のご厚情に支えられてこその宿願達成にござりまする」

「ところで脇坂六郎太、堅苦しい物言いはよしにしてくれねえか。実は今日は、我が五十路（いそじ）の内祝をやって呉れるてんで、親しい者ばかりが寄り合って寛（くつろ）いでいるのさ。お主も肩衣（かたぎぬ）をはねて寛（くつろ）いでもれぃてえ」

ご大身の大名らしからぬ伝法（でんぽう）な口調を急に改めた正之がいった。

「ところで、脇坂六郎太」

「此度の働きを賞（め）で、佐々伊平には会津中将の内所方用人（ないしょかたようにん）を申し付けた。ついては、その方を会津藩士として一千石、剣術指南役に迎えたい」

六郎太は、思いも掛けない保科正之の言葉に唖然（あぜん）とした。

「有難きおぼしめしにお礼申し上げます。されど、御前（ごぜん）には失礼と存じますが、只今のお言葉、脇坂六郎太には一向に聞こえませなんだ」

「何と――。余（よ）の命（めい）が聞こえぬと申すか」

「はい、聴こえませぬ。元高遠支藩浪人に、天下の副将軍たるお方が、まさかの世迷（よまよ）い事など申される筈（はず）がございますまいと存じ上げます」

「そうか。余の世迷い事か」

「はい。曲げてお聞き及び願わしく存じます」

「あい分かった。しても、会津は惜しい人材を取り逃がしたものよ」

正之は、家中の波風を巧みに防いだ六郎太に益々感じ入った。

「しからば、わが藩邸への刀法指南に出張ってくれ」

「刀法ご指南は、それがしの生計。是非にもご贔屓下さりませ」

横あいの佐々伊平が、クスリと笑いをもらした。

「ご贔屓にとは、六郎太さまはすっかり商人になられましたなあ」

六郎太は、笑いもせず神妙に控えた。

「ところで伊平、上様お成りの準備に遺漏はないか」

保科正之は厳しい顔を向けた。

「はい、万端、整ってございまする」

「それは上々。脇坂六郎太、そちも上様にお目通りをいたせ」

仰天する六郎太を残し、正之は軽やかに部屋を出ていった。


「ついに御前からは、弟御正芳様と父頼母に柳生から、なぜ暗殺の魔手が伸びたかの謎
について聞かされなかった。伊平、その方に説明はあったのか」

「脇坂六郎太さまと私には、それが全ての原点でございましたのう」

しばらく逡巡していた佐々伊平は、意を決したように重い口を開いた。

「あくまで殿からの伝聞にすぎぬ。天下の秘事にかかる故、おさ〳〵口外無用。六郎太

さまの胸に納められよ」

「委細承知」

藩主正芳と脇坂頼母の、二振の太刀の鞘に納められていたのは、二代秀忠苦哀の遺言であった。三代家光と四男保科正之は、父秀忠の苦々しい軛から逃れられなかったのだ。

徳川家康も、天下の基礎固めの暗闘に使役させざるを得なかった柳生一族が獅子身中の虫として、闇の世界で肥大化した現実に、自ら手を下せなくなっていた。

本多正信父子、金地院崇伝の陰の力は、辛ろうじて排除出来た秀忠であったが、柳生一族を排除する事が出来ぬまま、苦い生涯を送ったのだった。それほど、柳生但馬守宗矩の陰働きの力は大きかった。

それが遺文の一に示された。

「柳生宗矩を折あらば屠れ。もはや、陰働きで天下を統ることは適わぬ」

「徳川による太平の世の確立には、徹底して戦国の理を否定せねばならぬ」

血の闘争の否定こそが肝要と考えたのであろう。

鞘から取り出した遺文を、保科正之は宗矩なき後の当主となった柳生宗冬に直に示したのである。保科正之の政事にあたる非凡さであった。

遺文を示された宗冬は、目読すると静かに正之に返した。

天下の剣客大名、柳生宗冬もさすがに蒼白になり、小刻みに手が震えていた。

保科正之が、東叡山寛永寺に天海を訪ねた時、そこには兄の子に家督を譲り、水戸藩の隠居の身になった水戸光圀がいた。

正之から差し出された、二枚の紙片に目を通した天海は、黙ってそれを光圀に回した。目読した光圀から返された紙片を手にした天海は、何も口にせず火を点じた。めら〳〵と燃え落ちる紙片に、誰も言葉を発する事が無かった、という。

六郎太は、無言で佐々伊平の話を聞いていた。


あわただしい邸内の空気に、六郎太は将軍のお成りを知った。お忍びでのお成りとはいえ、周囲の気づかいは大袈裟である。

「よい〳〵。構うでない」

家綱は明るい大声を発しながら奥の間に通っていった。

しばらくして、伊平が六郎太を招いた。

六郎太は、緊張に汗ばんだ額を懐紙で押えた。

一段高い御座所に将軍家綱、一段下がって保科正之、その後に佐々伊平が心配そうな顔で座していた。

威儀を正した六郎太は、低頭のまま静々と家綱の前に進み出て平伏した。

「脇坂六郎太、大儀である。苦しゅうない面を上げよ」

家綱の声に、六郎太は顔を上げ将軍を拝した。若々しく闊達な顔があった。

「六郎太、直答許す」

将軍の声に、かたわらの正之がエッという顔を将軍に向けた。

「脇坂六郎太、そちは会津藩一千石、刀法指南を蹴ったそうだのう。何が気に入らぬ」

「卒爾ながら、それは上様のお聞き違いと存じ上げます。脇坂六郎太は一介の素浪人にして、生計は商人の万事掛合い業にございます。会津藩士、一千石など滅相も無い話にございまする」

「そうか、商人か。市井の暮しが面白いのであろう」

「市井では、各々の生計で精一杯の日々にございます。面白半分では、たちどころに口が干上りまする」

「隠すで無い六郎太。余は越後屋とやらに参り、粋な当世風の着衣に身をやつし、吉原とやらで傾城の膝枕で寝てみたい。

小料理屋と申すところの酒は滅法美味いそうだ。それに熱々の天婦羅と申す揚げ物は極上と言うでねぇか」

「上様、その様な伝法口調は、将軍様たる身には不釣合にございます。かまえて申されまするな」

「しゃら臭い。やい脇坂六郎太、手前はそれがしを謀かろうてぇのか。こちとら皆んなお見通しだってんだ。おいらは天下の将軍だ。

市井の楽しみは、それがしの楽しみなんでぇ。すぐとは言わねえが、市井へはその内にお忍びにてご案内いたします位の事が言えねえのかよ」

六郎太だけでは無かった。保科正之も将軍家綱の伝法口調に驚いた。

「本席は手前の息災内祝に上様にもお出まし願いました。図らずも上様のご心情をもれ承りましたる事、重畳至極にございます」

「伯父御、よしねぇ。それがしは、江戸で産湯をつかったチャキ〱の江戸っ子だつうの。せめて江戸っ子らしい言葉で話してみてえじゃねえか。そうだ、脇坂六郎太。そちには将軍の市井指南役を申し付けよう。生計とやらの合間に、余のもとに参り、面白き話を遠慮なくいたせ」

さすが正之も苦笑せざるを得なかったが、佐々伊平は玉ほどの汗を流していた。

破天荒な将軍お目見えを果たした脇坂六郎太は、粋な着流し姿に、きりりと締めた博多帯に、業物を落し気味に、うっそりと浅草寺境内を歩いている。

懐手の六郎太は、指に触れる金包みに渋い顔になった。

生計には大助かりだったが、強欲股が裂けた旗本河内守の顔を思い出し、苦々しかった。

幕府の他人の拝領地を押領となれば、即刻、切腹お家断絶の一喝に飛び上がった旗本河内出雲は、あたふたと六郎太の言い値通り、二千四百余両を駕籠に積み込み、越後屋裏の六郎太のもとに担ぎ込んできた。這いつくばい、何分にもご内聞にと泣きつく河内出雲守を見下し、これが四百石の大身旗本かと苦々しかった。

行き交う市井の男女、老若を眼にして六郎太は、これらの人々の上に胡坐をかき、のう〳〵と生きている河内出雲の様な武家は、決して許されないぞと、掛け合い屋稼業は満更でもないと思っていた。

浅草裏の車善七小屋は、相変らず活気づいていた。

「若い衆の働き賃、これだけは、どうしても受け取って呉れねぇと落ち着かねえや」

六郎太の差し出した金包みを、今度は無造作に受け取った善七は、

「掛け合い事が、こんなに上々にお終えになるのは、めったにねえや。稼業を舐めちゃあいけねえ」

と六郎太にいった。

「念には及ばぬ。掛け合い稼業に磨きをかけるは、これからと肝に銘じている」

旗本河内と裏柳生の引き連れた、無頼漢を一喝した六郎太の掛け合いは、市井の喝采と噂を呼ばずにおかなかった。

よろず相談事。掛け合いの依頼が、わんさか舞い込んでいた。

懐に軍資金がたんまりある六郎太は、利の有る無しにかかわらず、信義の物尺で相談にのり、掛け合うことを信条とした。

「悪さ者の、修行の芽が出て来やがった」

と善七は喜んだ。

無用となった河内出雲守の押領地の大量の木材を、お礼代りにと深川の上方屋がその場で木挽きに製材をさせてくれた。

善七は、それらの木材を周囲を取り巻く小川に多くの木橋を設らえ、余分の木材を谷の首斬り弾左衛門に惜し気もなく分け与えた。

事ある毎に対立し、血を流す出入の多い相手であったが、

「不自由、不便に泣いている手下達に区別はねえや」

と車善七は頓着しなかった。


押すな〳〵の相談人の応対に、追いまくられる六郎太であったが、剣技を磨く楽しみが息抜きの時であり、生きている実感に浸る時であった。

身分肩書にとらわれず、思う存分に木刀を振り汗が流せると、備前屋唐五郎の紹介で、小石川牛天神下の堀内源左衛門の道場に通うことにした。

堀内源左衛門は、五十年輩の物静かな人物で、当代一の剣客といわれていた。

師範代も秀れた技倆を有する人物であった。

元越後新発田藩浪人中山安兵衛と名乗る人物は、篤実で剛気な人柄であった。何よりもその大刀筋のすさまじさであった。

上州馬庭念流の中山師範代の気合いと俊敏な身のこなしは、一朝一夕には成らぬと一刀流の奥儀に脱冒した。

唐五郎は剣技もさる事ながら、堀内道場は門人が多士済々で楽しいという。

「おどろくほどの身分、能力のある方も居るようですが、それを口にする事なく、ひたすら剣の道に励まれる同門人であるのが、実に嬉しいのです。中には練達の商人もおります」

入門が許され二、三回も道場に通い、唐五郎の言葉が真であると六郎太は満足し、堀内道場で堂々たる大刀打ちを学ぼうと決心していた。

主君と亡父の仇討をめざして辛苦の月日を送った六郎太は、目的が成就した後の日々がどの様に多忙であっても、ふと己の胸に大きな穴の空いた事を思い知った。

そうした六郎太には、堀内道場でひたすら剣を交える人々との交流が得難い一刻であった。

なかでも、中山師範代の自由奔放な浪人ぶりも、六郎太には大きな魅力であった。豪放磊落な人柄で、湯水の如くに一升の酒を呷り人品に崩れる事はない。人情深く義に背く言動は微塵もなかった。

「浪人者はかくあるべし。いや、武士たる者はだ」

道場剣法として、軽んじていた木刀の組打ちが、真剣と変らぬすさまじい技である事を知り、剣技の奥深い楽しみを知った。

六郎太は日毎に安兵衛に心酔し、太刀打ちに一層に熱が入っていった。


そんな或る日、爽快な汗を、道場の冷い井戸水で流していると安兵衛が六郎太に突然、

「お手前は掛け合い屋という珍しい商売をやっておられるそうだのう」

「いや、武家の生計（たつき）は仲々と難しゅうござる。苦しまぎれの思い付きでございます」

「いや〱、ご謙遜（けんそん）めさるな。市中では仲々評判が良ろしい。実は、それがし少々手に余る掛け合いを抱えておりましてな。貴公に助力を願えまいかと思っております」

中山安兵衛の思案顔をみて、この人の相談事なら六郎太は即座にのろうと決した。


浅草蔵前通りに足袋股引（たびまたひき）を商う、さるや源蔵が夫婦づれで十歳の娘と七歳になる男の子を連れ、湯島天神のお詣りに出かけたという。

神田橋御門外の武家地の知足院が寺観を一新し大寺院になるとかで、知足院の移築現場へ、足袋股引のお得意先の親方のご機嫌を伺おうと、足を延ばしたのが、不幸の始まりとなった。

寺地近くまで来た時、子牛ほどの二匹の大きな犬と出くわした。

二匹の大型犬に驚いて逃げ出した二人の子供に、寺下人の手を放れた二匹が突然襲いかかったという。

泣き喚く男の子に背後から嚙みついた雄犬を見習う様に、雌犬が女児の頭部を襲った。

血達磨になった二児を前に泣き叫ぶ源蔵夫婦に、寺下人は、

「たわけ者が。龍虎様の通行を邪魔するとは何たる無礼者」

と罵り、労りの言葉もなく去って行った。

男の子は太股を大きな牙で喰いちぎられ、女の子は顔面に深い傷を受けていた。

さるやは瀕死の二児を助命したいと、懸命に医師の手当てを受けさせたが、深手の子供の回復がならず、女の子は失明するだろうと医師に告げられた。

長崎の蘭方医に頼る以外にないと、商売を畳み、一家で長崎に移ろうと決意したが、遠路の路銀、治療費、滞在費はさるやの手にあまる莫大な額となった。

必死の思いで惨状を知足院に訴え出た源蔵に寺侍は、

「わが寺のお犬様の行く手を阻むとは、不届き至極。その分では只で捨ておかぬ。左様心得よ」

と脅しつけ、けんもほろろの門前払いであった。

「見るに耐えられぬ悲惨さでござる。掛け合いを引受けてもらえまいか」

六郎太は、信頼する中山安兵衛の依頼とあって、一も二もなく力になりたいと安兵衛に即答し、蔵前通りに足を運んだ。

大戸を降ろし、ひっそりとしたさるや源蔵に細々とした話を聞き、一層、六郎太の気持が燃え立った。

「犬畜生ごときに、生死を彷徨う傷手を受け、何の償も無いとは不届千万。飼主と犬畜生双方に相応にその責を問うは世の基いだ。万相談、掛け合い屋の本分にかけ、確と掛け合い致す」

藁にもすがりたい思いの源蔵一家を前に、六郎太はポンと胸をたたいた。

人を傷つけ、殺めた者には相応の刑罰があるのは、世の常である。六郎太は早速訴状を町奉行所に差し出した。

「生憎じゃが、寺社との騒動は当方の役柄ではない。寺社奉行に申し出られよ」

と吟味与力は、すげなく六郎太を退けた。

寺社奉行は、

「寺社地外の市中のもめ事は町奉行だ」

と、双方共に知足院の飼犬には、関わりたくない素振りが強く感じられた。

ならばと六郎太は、両奉行所に差し出した顛末と訴状の写しを懐に、六尺の鉄込杖を突き知足院に面談を申し入れた。

応対した寺侍は横柄な態度で、

「当院のお犬様の面前を、町人の分際で無作法にも横切るとは、慮外なる振舞いである。お犬様の怒りに触れたるは至極当然の事。すべからく科はさるや源蔵の側にある事は奉行もお認めのところである」

「しからば、当院の犬畜生が為したる狼藉は、当然の事と申されるのか」

「左様。市中の掛け合い屋分際の申入書は受取る訳にはいかぬ。早々に立ち帰れ」

「やかましやい。こちとら手前ごとき三一侍相手に来たんじゃねえ。早々に院主に取り次げ」

ドシンと鉄込杖を床に突くや申入書を投げ付けた。

六郎太の見幕に寺侍は、奥へすっ飛んでいった。やがて執事の僧が、六郎太の申入書を把み現われた。

「その方は、当院隆光権僧正様は、さる貴人が後ろ盾である事を存じておらぬな」

知足院隆光が、将軍綱吉の生母と二人三脚で「お犬様」を殊の外奉る政事の張本人であることは百も承知であった。

「さてその事よ。権僧正ともあろうお方の飼犬野郎が、こともあろうに人様の児に暴虐を為した。どの様な貴人のお引立てがあろうと、科の償いは犬と飼主双方にあろう」

執事はせせら笑った。

「その方は当院のお犬様竜虎に意趣返しを望むとでも申すか」

「如何にも。その竜虎なる二匹には、人様へ狼藉をすればどの様な罰を受けるか。犬畜生に確と教えるのが人たる者の役目でござろう」

「相分かった。お犬様の怒りに触れても、その方の責である。掛け合い屋を、犬舎に案内せい」
三、四人の寺下人が、頑丈な木枠の門を開いた。犬舎には百匹に余る犬が、分散した柵内に飼われ、六郎太の姿を見ると、牙をむき一斉に吠えたてた。
噂は耳にしていたが、犬飼いの下人まで揃えた知足院の犬好きには、如何に将軍生母のお声がかりがあったとしても、のぼせ上がった増長慢ぶりに呆れた。

特別な囲いの中に、仔牛ほどもある二匹が寝そべっている。

むっくりと起き上がった二匹は、ゆっくりと六郎太に向かい歩いて来た。成程、すさまじい威圧感を持つ大型犬であった。

後に五匹の見るからに獰猛な犬が従っている。

「この二匹が院主様の愛犬、天竜と白虎じゃ。天竜、白虎よ。この無礼な浪人者を懲しめよ」

寺侍にけしかけられた二匹は、ウウッと唸り声を上げると、頭を下げ攻撃の姿勢をとった。

六郎太は、

「愚かな奴め。畜生の分際で人様に楯つけばどうなるかを確と教え遣わす」

六尺の鉄込杖を、どしんと地を突くや、すかさず身を低く構えた。

「うおっ」

咆哮した天竜が、大きな牙をむき猛然と六郎太に跳びかかった。低く身を構えた六郎太が、すうっと身を伸ばしたとたん、手の杖が眼にも止らぬ速さで回転し、天竜の前足と顔面を粉砕した。

宙を舞った巨体が血を吐きどさっと地に落ちた。

同時に背後の白虎が、六郎太の頭を目がけて襲いかかっていた。

転瞬、振り向いた六郎太は、白虎より高く飛翔し上段から白虎の面部を叩き割っていた。

竜虎に従った犬が六郎太を襲ったが、六郎太の非情の杖の一閃で先頭の二匹は天に舞い悶絶していた。

残った犬は、キャンともいわず尻尾を巻き、地面に蹲り、やがて腹を上に向け恭順の姿になった。

「分かったか。犬畜生は畜生らしくが肝要じゃ。方々も犬には犬らしく人には丁重に接せよとお教えなさるがよろしかろう」

息ひとつ乱さず六郎太は執事に、

「早く犬共の手当てをなさるが良い。とても元の竜虎には戻るまいがのう」

そして六郎太は、おもむろに言った。

「院主様にお取り次ぎを」

魂消た執事は、あたふたと奥に消えた。

やがて、二百両の償い金を持参した執事に六郎太は、

「町奉行、寺社奉行に、さるや源蔵件は円満に落着につき、詮議無用と当院からお届けあれ。償い金には、さるやに見舞いの一文を認められ丁重に詫び状を添えられるが、当院の後日の為によろしかろうと存ずる」

と掛け合い屋としてのケジメを忘れなかった。

まもなく、六郎太の差配でさるや源蔵一家は、感謝の言葉を残し、二児の治療のため塩屋の廻船で、遠い長崎の旅に出ていった。

佐々伊平は、深川の木材商を番頭に譲り、会津藩邸に移り住み、めったに顔を合せる事もなかった。

そんな時に、六郎太の前にひょっこり顔を出したのが、水主頭になっている宇助であった。

大坂屋の南蛮船に乗っていたという、宇助の話はとてつもなく面白かった。

「左様か。南蛮は面白えか。某(それがし)も南蛮へ出かけてみるか」

ふと漏した六郎太に、むきになって宇助はいった。

「舐(な)めてもらっては困りますぜ、六郎太様。北前廻船なぞ、餓鬼(がき)の手習いだぁね。あなたには十年早い、へい」

「そうか、餓鬼扱いじゃあ詰(つま)らんな。ところで、角兵衛獅子はどうしておる」

「へえ、良い若者になって育っております。ブン太などは、多分、六郎太様より上背(うわぜい)がありましょう。南蛮言葉もペラ〳〵だぁね。チョウ助は船の賄(まかな)い方で、美味(うま)い飯を喰わしてくれますぜ」

「そうか。二人はすっかり生まれ代ったんだなあ。良かった」

大坂屋の計(はか)らいで、健かな若者に育っていることに、不覚にも六郎太は眼頭を熱くした。

「そいで、お品姐(ねえ)さんですが――」

「えっ、お品さんがどうした」

急(せ)き込む六郎太に、にっと笑顔をみせ宇助がいった。

「お品姐さんは、お亡くなりになった大坂屋の御寮(ごりょう)はんの後釜(あとがま)にと、大旦(おおだん)はんが本気になって頼まれましてな、今では押しも押されぬ堂々たる貫禄の女将(おかみ)はんですわ。六郎太様は振(ふ)られたんですわ」

宇助は、へっ〳〵と手を打って喜んでいた。

「そうか、お品さんが女将なら、商売大繁盛は間違いなかろう」

懐しい歳月であったが、時は人の往く道を容赦なく変えていく。

「大坂のみなに会いてえなあ」

呟く六郎太に、ピシャリと宇助はいう。

「無駄金つこうたらあきまへんで。大坂へ、わざ〳〵銭つこうて遊びに出かけて行ったら、お品姐はんにきつう叱られまっせ。どっさり売れる物持って行きなはれや」

「そうだなあ。生計忘れちゃあ商人では無いと、お品さんに叱られては、つまらんな」

江戸をもうしばらく楽しんで帰りますわと言う宇助を、見送りながら六郎太は、

「さて、脇坂六郎太は武士として生きるか、商人を生計とするか、思案のしどころじゃわ。手前の事は存外、分からぬものよのう」

ふり返った宇助は、

「武士なんか止しなはれ。仇討も済んだんでっしゃろ。ええ歳こいていつまでも阿呆してたらあきまへんで」

といった。

そろそろ吹き始めた秋風の下で、脇坂六郎太は、懐手でのっそりと高い空を見上げていた。

白い浮雲が流れていた。

決闘　高田馬場

小石川牛天神下に道場を構える、堀内源左衛門は小野派一刀流の流れをくむ、厳しい剣技を基本とし、源左衛門の剣名は江戸市井に轟(とどろ)いていた。

懐の深い人柄に諸藩の家臣、浪人、旗本はもとより商家、町人衆と雑多な人々が、剣の道に日々研鑽(けんさん)の汗を流していた。

脇坂六郎太もそうした堀内道場に魅せられ、足繁(あししげ)く通う一人となった。

師範代の中山安兵衛は、朱鞘の大刀を落し差しに、市井では一升枡で鯨飲(げいいん)をし、喧嘩に明け暮れる放蕩(ほうとう)浪人と面白可笑しく噂されていたが、腕こそ抜群の凄味はあったが、義理、人情に厚い教養人でもあった。安兵衛は六郎太に俳諧(はいかい)を奨めた。

「俳諧(はいかい)でござるか。一向に不調法(ぶちょうほう)にござる。しかし某(それがし)、夜な夜な徘徊(はいかい)いたす悪癖は、ござるが――」

苦しまぎれの駄洒落(だじゃれ)に、

「その斜(しゃ)に構えた心根(こころね)こそ、俳諧の極致(ごくち)にござる。一緒に学びましょう」

と知友の細井広沢(ほそいこうたく)を紹介するといった。

広沢は通称次郎太夫。家光の四子館林宰相(たてばやしさいしょう)綱吉の用人、柳沢吉保(やなぎさわよしやす)に其の博識を買われた二百石の食客(しょっかく)だが、中年に至り俄然(がぜん)、剣術の道に没頭している人物で、忽ち長足の進歩を成し、堀内源左衛門の高弟であった。

安兵衛は広沢の人格、博識ぶりに大いに感化を受け、書道、朱子学、兵学、算数、はては歌道にも精進している。

「いや、人の一念とは凄(すさまじ)いものでござる」

六郎太より三つ四つ歳上のはずの安兵衛が、まるで老境の人のように嘆息した。

この人は、余程、細井次郎太夫に心酔(しんすい)していると感じた。

「中山氏(うじ)、近々に果たし合いをなさるとの噂がござるが事実(まこと)にござるか」

話の腰を折るような六郎太に安兵衛は、

「事実でござるが、それが何か――」

と不思議そうな顔を向けてきた。

「何か某(それがし)に出来る手伝いはござらぬかと」

「ははは。それは忝(かたじけな)いが、なにせ私事(わたくしごと)にござれば、構(かま)えて無用でござる」

中山安兵衛は、俳句に筆を入れながら恬然(てんぜん)と応えた。

「多勢相手に無勢の叔父御に、助太打をなさるとの事。不肖(ふしょう)この脇坂六郎太も御加勢いたしたく存じまする」

「ハハハーハッ。掛け合い屋稼業とは、実にお節介な稼業でござる」

私事ゆえお構え下さるな、といつになく無愛想な安兵衛であった。

拒絶されれば、される程気掛りになった。

六郎太は、夕刻になり細井広沢を訪ねた。

困り顔の広沢は、決闘にまでなった経緯に、多少とも細井広沢もからんでいると話した。

安兵衛の叔父菅野六郎左衛門は、伊予松平藩十五万石に仕える馬回り二百石の家臣であった。

中四国探題を兼ねた徳川家康異母弟松平定行は、江戸生れでもあり、江戸文化を松山に根付かすべく力を注ぐ開明の藩主であったようで、そのひとつに詩歌俳諧があった。

元々、六郎左衛門は堀内道場の後輩、村上庄左衛門とは同藩家士として親しい間柄であった。

その家臣同士が、正月のめでたい親睦の席でささいな諍いから、村上庄左衛門が盃の酒を、菅野六郎左衛門に浴せた。

酒乱の気のある庄左衛門でもあり、先輩格の六郎左衛門は座興として収めようとしたが、やにわに抜刀した庄左衛門は引くに引けなくなり、

「臆病者の老耄め。竹刀剣法を鼻にかけおって。某は何でも知っとるぞナモシ。細井と

かいう俳諧師にオヘツ（おべっか）ぎり言いよらい。俳句も竹刀剣法と同じで、知らんうちにお主はハセダ（仲間はずれ）ぞナモシ」

とこっぴどく左衛門を罵倒（ばとう）した。

菅野六郎左衛門は、武士の面子（めんつ）だけでなく、詩歌俳諧の師の悪口を見逃せぬ事となり、十日後に果たし合いを高田馬場と約した。

五十歳になり係累の少ない六郎左衛門は、堀内源左衛門の奨めがあり、中山安兵衛と叔父甥の縁組を結んでいた。

村上との決闘が、筋目のない私事と考えた六郎左衛門は、後事を安兵衛に託し成るべく家中の騒動にならぬことを望んだが、村上庄左衛門が、兄弟三人と郎党五人で徒党を組むことを知るに及び、

「私事ながら、中山安兵衛どのは義理ある叔父甥の間柄の菅野殿への助太刀は武士として当然のこと。

菅野、村上両家は断絶覚悟なくては、伊予松平藩に類を及ぼすは必定。武家として堂々と、安兵衛どのとお二人で立合い召され。不束（ふつつか）ながら細井広沢、柳沢吉保様食客の身として、この決闘の立合いをお許し願いたい」

と伊予松平藩主の関知せぬ私闘として、細井広沢は絵を描いてしまっていた。

「叔父御、心配なさる事はござらぬ。叔父御の折紙（おりがみ）付きの腕前には、村上庄左衛門とは

雲泥の差があり申す。その上に不肖安兵衛の朱鞘は伊達ではござらぬ。心置きなく庄左衛門をお斬りなされませ」

「安兵衛、真剣の勝負は魔物じゃわい。村上三兄弟も仲々の達者ときく」

「ハハハ――。叔父御、この中山安兵衛をお忘れにござる。二人の兄弟は安兵衛の刀の錆に致しましょうぞ」

おう、そうじゃと二人は晴やかに盃を重ねた。

「そういった次第でござる。馬鹿げた果たし合いにござれば、どうかご放念くだされ」

中山安兵衛は、六郎太にそう言った。

細井広沢も同じことを言ったのだ。

道場で顔を合せる中山安兵衛は、いつもと変らぬ剛毅な姿で、門弟に稽古をつけていた。

六郎太は、噂の高田馬場の決闘について、安兵衛に少しでも聞き出したい事があったが、ついぞ糸口が把めなかった。

そんな或る日、安兵衛が突然、

「六郎太どの、いつもの鉄込杖をお持ちでござろうか」

と声を掛けてきた。

「某の守り杖でござる。いつも手許を離しませぬ」

「左様か。卒爾ながら、その六尺杖の手の内を拙者に見せては頂けぬか」

お易い御用と、六郎太は鉄込杖を握った。

青眼の構えをした安兵衛をみて、六郎太は安兵衛が薙刀を想定しての立ち合いと見た。

安兵衛の切っ先が徐々に下るとみるや、六郎太は杖を低く地面すれ〳〵に下げ、すさまじい速さで回転させた鉄込杖を、下段から安兵衛の胴に打ち込んだ。

見切った安兵衛は、すかさず杖先を斬り上げ、同時に返す刃で杖を打っていた。六郎太は安兵衛の太刀を巻き上げる様に撥ね上げ、同時に後方に跳んでいた。

「見事。両者の刃筋、確と見届けた」

堀内源左衛門の感嘆の声に、両者は静かに木刀と杖を納めた。

中山安兵衛に一礼し、六郎太は高田馬場に足を向けていた。

早春の風は、稽古上りの肌に心地よかった。

六郎太は未だ高田馬場を見知らなかった。

北は四ッ家町、西は落合、東は関口、南は市ヶ谷柳町へと、繁華の市中を離れ、春から秋の市井の人々の遊び場だというが、男女老若の多さに六郎太はとまどった。

家康第六子松平忠輝の生母高田殿の庭園として元々、開けた地という。

広々とした百姓地の田畠の中を、鬼子母神堂の参道が抜けており、とくに女性や幼児連れが多く見受けられた。ほほえましい風情につられた六郎太は、六尺杖を手に鬼子母神堂に出向こうと思った。

過日、知足院の飼犬に噛れ瀕死の重症を負ったさるや源蔵一家の姿を思い出したからであった。

千人もの自身の子を持ちながら、毎日、人の子をさらって食べる鬼子母神に、仏陀は鬼子母神を諭すため一人の子供を隠したところ、狂ったように子探しをする鬼子母神は、親心を初めて知り深く改心し以後は子どもの守護神となった。

愛くるしい幼児を抱く鬼子母神の姿に、江戸の女性は感銘し参詣者が多いといわれる。

社殿は広島藩主浅野公の奥方の寄進であった。拝殿前の水鉢や唐金造りの灯篭も立派であったが、二の鳥居脇の石造りの仁王像が、祈願の赤札をベタベタとはられながら大目玉をむく姿に、六郎太は去る日の羽黒参道の陰に対し、江戸っ子の陽を思い微笑んだ。

小雨の霞む田畠の中の道を、六郎太はゆっくりと六尺杖を突きながら南に歩いた。

高田馬場は、六郎太の想像以上に広かった。

馬場の周辺には、七・八軒の庭石を積み上げた植木屋が並んでいた。

東にひときわ大きな植木屋があり、遊山客や植木の商談客用に茅葺きの東屋があり、植木屋彦五郎と石の彫刻が立っていた。

六郎太が茶を頼むと、下女の後から陽やけをしたいかつい風体の男が顔を出した。

「お武家様は、ひょっとして掛け合い稼業の脇坂さまではございませんか」

「いかにも脇坂六郎太だが、某(それがし)が掛け合い屋とどうして分かったのか」

「いや、世間は狭いもので、過ぐる日、商用の日本橋で狼藉(ろうぜき)旗本相手に痛快な掛け合いを拝見した者でございます」

彦五郎は、六郎太にぞっこん惚(ほ)れこみ、掛け合いの相談があるといった。

そして、遠慮がちに、

「もしや明後日に迫った決闘の助太刀でございますか」

と探りの眼を輝やかした。

「いや〳〵」

と手を振りながら、小雨に煙むる馬場を見渡した。

予想以上に馬場は広く、土手や周囲の松木立ちなど、なまなかの決闘の場でない事を、六郎太は感じ取っていた。

「ほれ、あの北方の竹林の外れに一軒の武家屋敷が見えるでがんしょ」

と彦五郎は、決闘を想定して馬場を見ている六郎太におかまいなしに、まくし立てた。

「あそこが百二十石の旗本屋敷なんですが、此の野郎が太てえ野郎でがんして、勝手に他人の百姓の田畠を掠(かす)めて埋め立て、揚句(あげく)、こちとらの植木畑の用水まで枯らしちまって、溝を造りたけりゃ地代を払えと法外な言いがかりで七軒の植木屋は困り果てておりやすんで。はい」

と泣きついた。

おまけに屋敷内に剣術道場をつくり、近在の百姓の若者を家人の様にこき使い、その乱暴狼藉に困惑していると話した。

「今度の決闘騒ぎには、勝ち馬の村上方に乗ったと豪語して、掛け銭まで集めまくっておりやす」

「そうか、それは怪しからぬ所業じゃのう。掛け合いはともかくとして、そ奴の名は何と申す」

「田谷玄蕃、旗本百二十石を称しておりますんで」

相分かったと、六郎太は小雨の馬場に立ち入ってみた。

長さ六丁（約六五〇ｍ）、幅は三〇間（約五五ｍ）の平地の中央に土手があり馬場は二分されている。

騎馬と流鏑馬（やぶさめ）の訓練が出来るようになっていた。その周辺には径一尺（約三〇㎝）ばかりの松の木が多数林立しており、伏兵が忍ぶには格好の場所であった。

今は小雨で煙っているが、晴れ空の下ではそこから弓矢の攻撃が可能である。

多勢に取り囲まれれば、少勢が圧倒的に不利になると、六郎太は地形を読んだ。

小雨の中を流鏑馬の馬が泥をはね上げ、六郎太の脇を駆け抜けて行った。

決闘の日は、鬼子母神の縁日で普段に倍する人出がある。

六郎太は決闘を漫然と迎えてはならぬと考え、中山安兵衛宅へ足を向けた。

「安兵衛はんは、菅野の叔父さんという方と連れだって、何処かへ出て行きやしたぜ」

隣家の亭主は、安兵衛はんの明日の景気づけに一杯やってますわ、と呑気に笑った。

物見高い江戸っ子である。噂は噂を呼び、まるで祭りの山車でも待ちわびている様子であった。

「伊予松平藩の騒動にしてはならぬ故、親族外の脇坂どのを加えぬようにと、安兵衛どのに進言したのは某だ。身共も助太打はせぬ。が、立合人として馬場には参る」

細井の配慮と腹の内を知り、六郎太の腹も決った。

助太打はせぬが、自分なりに勝手に助力は出来る。

六郎太は武士の血の滾るを押え、夜の明けるのを待ちかね高田馬場へ走った。

早春の朝靄の中に、肩衣に小刀、扇を手にした細井広沢が端然と立っていた。

「細井さまっ」

駆けよった六郎太の肩を扇で軽く叩き、広沢はうむ〳〵と頷いた。

「西の林は物見衆が埋め尽しましょうが、東側は弓矢勢の伏せ地として危のうござる。拙者はその様な不埒者あらば、鉄込杖で叩き潰します」

よかろうと両者は合点した。

太平の世に、めったに眼にする事のない菅野、村上両者の真剣による果し合いとあって、約定の辰の下刻（午前九時頃）には、もう溢れんばかりの物見高い野次馬が群れていた。

やがて村上三兄弟を中にした総勢八人が、馬場の南口から物々しい出で立ちで入って来ると、細井広沢を眼にし一瞬たじろいだが、庄左衛門の、

「散れっ」

の声で薙刀の若者は土手をこえ、流鏑馬の馬場に身を潜め、五人の郎党が村上兄弟を囲んだ。

やがて、朱鞘の中山安兵衛を先頭に、菅野六郎左衛門ら四人が馬場に入った。

安兵衛、六郎左衛門が細井広沢に目礼を送ると、群集が一斉に喚声を上げた。

広沢は身動ぎひとつしなかったが、松林に佇んでいた六郎太は、北端の松林に変事を嗅ぎつけ、鉄込杖を手に一目散に駆けていた。

総髪の武士と十二、三人の浪人風体の一団があった。中の三人は弓を抱えていた。

「曲者」

六郎太の大音声に、一団がギョッと立ち止った。

総髪の頭領が一歩進み出ると、

「無礼者。下がれ素浪人。旗本百二十石田谷玄蕃の前に立ち塞がるとは、容赦せぬ」

「黙れ。天下の掛け合い稼業、脇坂六郎太である。決闘の邪魔だては許さぬ」

すかさず鉄込杖の唸りは、三人が持つ弓を次々と粉砕していた。

「田分者めが。逸れ矢が見物衆に当れば何とする」

「うぬ。さては菅野の助太打か」

「ならば、どういたす」

二人が六郎太を斬りつけたが、唸る鉄込杖に肩や腕、足を痛打され、またたく間に五、六人が転倒していた。

「うぬらの狼藉には、後ほど脇坂六郎太が改めて挨拶に参上する。散れ」

眼を剝いた田谷玄蕃は、六郎太の鉄込杖で大刀を叩き折られ手首が砕けていた。

その頃、馬場では菅野六郎左衛門と村上庄左衛門は抜き合せていた。

「叔父御、庄左衛門ひとりを打ち果されませ。邪魔する輩は、不肖この安兵衛が始末いたしまする」

耳許に呟く安兵衛に、うむ〳〵と応えた六郎左衛門は、庄左衛門の刃を振り払い、

「やっ」

と真向から打ち込んだ。

受け損じた庄左衛門の左腕が血をしたたらせ、だらりと垂れ下がった。

「ギャッ」

悲鳴にも似た声を上げげた庄左衛門は、片手で盲滅法に太刀を振り回した。

六郎左衛門の背後に密かに回った、弟の村上三郎衛門に、安兵衛は「おい、こちらだ」

と声をかけるや、振り向いた三郎衛門を、真向から唐竹割に斬り裂いた。

血を撒き散らした三郎衛門の体がバラリと崩れた。

取り囲む群集は、一斉に「ウオオーッ」と異様な叫び声を上げた。

悲鳴を上げたのは婦女子ばかりではなかった。

戦国の世ならいざ知らず、人間が真二つに裂かれて倒れるなど、太平の江戸では信じられない事であった。

血だるまになって地を這う庄左衛門を、追う六郎左衛門も息を切らし、止めを刺そうとする刃が、無情にも地面を突くばかりであった。

背後や側面から多勢から受けた傷は浅手であったが、六郎左衛門は疲れ果てていた。

と、馬場を取り囲む群集が、

「後に隠れているぞ」

「土手の下に潜んでいるぞ」

と口々に叫んでいる。

安兵衛が周囲を見渡すと、もう一人の弟の姿が見えなかった。

安兵衛は、土手に向かって駆けた。

「えいっ」

一足跳びに土手を越えた安兵衛に、キラリと薙刀が一閃した。

すかさず、安兵衛の血刀が薙刀の蛭巻を下から切り放していた。

「何やつ、名乗れ」

「義弟、中津川祐見」

「可哀相だが、貰った」

腰の刀に手をかけたまま、中津川の首はヒュッと竹笛の様な音をたて三、四尺も高く跳んでいた。

立ち戻った安兵衛に、にっと微笑んだ菅野六郎左衛門は、覆いかぶさる様にして、村上庄左衛門に止めを刺していた。

折り重なった二人から流れる血が黒く地面を染めていた。

安兵衛は、くずれ落ちる六郎左衛門の脇差しで庄左衛門の首を落した。

安兵衛、〳〵の群集の喚声に応えることもなく、中山安兵衛は威儀を正し細井広沢に静かな目礼を送り、松林に佇む脇坂六郎太に手を上げると、瀕死の菅野六郎左衛門を肩に馬場を去った。


やがて、六郎左衛門は藩邸の屋敷にたどり着けぬまま、安兵衛の懐で息絶えた。

藩の与り知らぬ騒動と、伊予藩は口を閉したが、江戸雀の口に戸は立てられねえや、とばかりに高田馬場の決闘は、尾鰭、背鰭がついて、やがて中山安兵衛三十六人斬りの物語になってしまった。

そんな喧騒の中でも、安兵衛は堀内道場での師範代として、また広沢のもとでの勉学に書物を紐とく日々を淡々と送った。

「真似の出来ねえ御仁だなあ」

と久し振りに出合った車善七は、高田馬場の顛末を耳にし、我が事のように喜んだ。

六郎太は馬場の決闘の興奮冷めやらぬ春の日に、植木屋彦五郎と旗本との掛け合いに出向いた。

決闘に際して、弓矢で村上方を助太刀するとの約束で金員を手にしていた田谷玄蕃は、脇坂六郎太の不意打ちで、助太刀どころか数多くの手負人を出し、決闘の賭金で大穴を開けてしまった。

植木屋彦五郎の名代だと顔を出した、掛け合い屋を見て玄蕃は震え上がった。

「奉行所に申し立てた訴状写しを持参仕った。無断で百姓地を奪い、植木畑及び田の井出を損壊せし多大な被害をすっかりと償ってもれえてえという事だ。念の為、本日は奉行所の詮議与力殿に不法行為の現場確認に同道願った」

「幕臣たる旗本に無礼の振舞い。植木屋ごときに難癖をつけられる由緒はない」

「左様か。しからば田の水は明日にも必要につき、当方村方で作事致す。諸費用は後ほどまとめて申し受けたい。与力殿、それでよろしゅうござるな」

不当な果し合いに介入し、六郎太に手甲を粉砕されたとは言い出せぬ玄蕃は、痛みを堪え地団駄を踏んでいた。

案の上、翌日に田谷玄蕃の使いの者が五十両を持参し詫びて来たが、

「精々、旗本風を吹かせて、閉門、お取り潰しになられるがよろしかろう」

と六郎太は一笑に付した。

旗本は形勢悪しと読んだか、親類縁者から償い金を掻き集め、旗本株も売ったらしく三百両を持参し、やがて姿を晦ました。

立派な井出の完成で、一帯の百姓地、植木屋は掛け合い屋、脇坂六郎太に手を合せ喜んだのである。

安兵衛の高田馬場の興奮冷めやらぬころ、善七がお祝いでございますと、酒樽を担がせた臥煙の権太を連れて六郎太の店へ、ひょっこりと現れた。

「とんだ高田馬場の決闘ってところじゃあねえですか。ところで掛け合い料は、いくらお取りなすった」

「おいらは、村上兄弟の首を取った中山安兵衛殿の上首尾で大満足なのさ」

と、植木屋がお礼にと運んで呉れた大きな石灯篭の始末の困り顔であった。

「今日は珍しい日だ。朝から半鐘の音を耳にしねえや」

火事と喧嘩は江戸の花、などと江戸の人々は粋がるが、半分はやせ我慢と諦めであった。明暦の正月あけの出火は、乾（北西）の強風に煽られまたたく間に燃え広がり、湯島、神田、鉄砲州、隅田の大川をこえ、深川まで舐めつくした。

翌日には田安、常磐、呉服の諸門を焼き、数寄屋橋御門から江戸城五重の本丸を焼失させ、二の丸、三の丸へ移った火は、桜田一帯の大名屋敷を西の丸下まで焼き尽したのであった。

大名屋敷五百余、小名屋敷六百余、寺社三百五十余、橋六十余と町並みが消えてしまう大火となったといわれる。

死者十万人余の大惨事は、さしも幕府も大きな衝撃を受け、江戸の再建は大規模、大胆なものにならざるを得なかった。

尾張、紀伊、水戸ご三家までもが城外移転となり、大名屋敷もすべて城外に移され、寺社地は容赦なく最外部に移転となった。

新開地造成の為に、武蔵国と下総国をつなぐ両国橋が架けられ、多くの森や田畑に家作が許され、江戸府中の拡大は新たなお江戸として変貌をとげたのであった。

そうした活気と混乱の真只中に、越後新発田藩を浪人した父に伴われ、中山安兵衛は江戸の土を踏んだ。

しばらくして、父弥次右衛門が世を去り、安兵衛は裕福な姉宅に引きとられ、学問、剣術にと伸びやかに育った。

上州馬庭念流樋口十郎左衛門は、父弥次右衛門の人となりをよく知る剣豪であったので、師の指導で安兵衛は剣術の腕を上げたが、十九歳の時に、中山家再興の志を持って、師十郎左衛門の伝手で、江戸第一の剣豪と謳われていた堀内源左衛門の門を叩いた。

源左衛門は、よほど中山安兵衛の資質を評価していたのか、

「その性篤実にして、剛気満つ。果敢にして沈着なり」

と認めている。

その堀内源左衛門の道場へ、突然、播州赤穂藩五万三千石、浅野の郡奉行吉田忠左衛門を名乗る武士が訪れた。

文雅の才、兵法に通じた人物らしく、堀内源左衛門との談論は一刻も続いた。

「ハテ、この御尽は何用あっての来駕か」

と小首を傾げる源左衛門に、間合い詰めるように、突然、忠左衛門が両手をついた。

「中山安兵衛殿を聟に頂戴いたしたい」

「――――」

「いや、わが藩祖長直の真壁以来の家臣堀部弥兵衛金丸に一女がござってのう。その娘お幸が、えろう安兵衛殿に、何と申しますか執心、いや惚れましてのう。ぜひ聟に迎えたいと親娘そろって拙宅に日参にござる」

老齢、無骨な武士が顔に汗して、オロ〳〵と訴える様に、源左衛門は思わず微笑んだ。高田馬場の決闘で、一躍、江戸の寵児となってしまった安兵衛には、数限りなく召し抱え、縁談話が連日あった。しかし、源左衛門は此の縁談が出色に思えた。

「中山安兵衛は播州に参りまするのか」

一抹の寂しさを覚えつつ尋ねる堀内に、吉田忠左衛門は、いや、それはござるまいといった。

「堀内弥兵衛は、江戸留守居役三百五十石。堀部が江戸を離れる事はござらぬ」

障害のひとつは除かれたが、果たして安兵衛が養子縁組を望むかどうかである。という源左衛門に、

「いや、それは困る。まことに困る。堀内殿の説得ひとつにかかってござる。不縁に終る様な事あらば、親娘共々に堀部家断絶も覚悟の上なのでござる。浅野代々の名家廃絶など相成り申さず」

強硬な押しの一手に、源左衛門は辛うじて冷静に忠左衛門を振り払った。

「実は、安兵衛は当道場に身をよせた由緒は、中山家再興の一念にござる。一流といわれる武士になってこそ叶う道と今日まで精進して参った。中山姓を捨てさせるは容易ではござるまい」

「でござろうが、母娘は高田馬場で安兵衛殿と面識がござる。父弥兵衛めも実は安兵衛

殿直々に、我が家の聟（むこ）にと陳情いたした」

「では母娘は女の身で、あの凄惨（せいさん）な決闘の場を眼にされたのか」

「いかにも。図らずも鬼子母神の縁日に参詣すべく出かけた母娘は、高田馬場の決闘に行き合い、安兵衛殿の真向唐竹割の血飛沫（ちしぶき）を浴びた襷（たすき）は、娘幸どのがお貸した扱帯（しごき）でござった」

「なんと――」

「左様」

やがて二人は談論風発の時を過し、ハハハと大いに笑って別れた。


中山家再興一途な安兵衛も、師の説得と堀部弥兵衛親子の懇願についに折れ、潔く養子縁組をした。

弥兵衛は五十石の隠居料で引退し、安兵衛は馬廻・使番二百石赤穂藩浅野の家臣となった。

「いや〳〵。今どき、浪々の身が然るべき藩士に取り立てられるなど、誠に幸運。しかし、安兵衛殿には、めでたくもあり、めでたくも無しの心境でござろう」

細井広沢の音頭とりで設けた小宴は、安兵衛馴染みの深川の小料理屋であった。

脇坂六郎太は、いまでは会津藩江戸用人となっている佐々伊平を伴った。

その席に安兵衛は妻女となったお幸を伴っていた。ふくよかな慎み深いお幸が、果敢（かかん）に安兵衛を攻略した様子を想像し、

「凄（すさま）じきものは、女なり」

と、大坂屋のお品をふと思い出していた。

宴も酣（たけなわ）となり、三々五々と席が乱れ始めた時であった。

六郎太は、伊平の目配（めくば）せに気づいた。

小用に立った六郎太に伊平が近づくと、耳許に小声で、

「会津の殿が、何者かに襲われた」

「なにっ――」

「まだ誰も知らぬ極秘のはずだが、館林宰相（さいしょう）の用人柳沢吉保殿から、内々の見舞の言葉が届いた」

「まさか裏柳生の仕業というのか」

「それは無い。が、裏には想像以上の黒幕が居るのでなかろうか。忍び犬だ」

「犬、とはあの畜生の犬か」

「左様。近々に会津邸に出稽古をなされたい――」

遠ざかる佐々伊平の背中は、いつになく暗く、活気を欠いていた。

忍び犬の影

江戸の市民たちの暮らし向きが、少しづつ豊かになった事でもあろうが、近年、急速に犬を飼う者が増えている。

同時に野犬も増えた。

泥棒よけの番犬、鶏や豚を狙う野獣を防いだり、中には愛玩用の珍犬も目につく。

車善七小屋周辺の小屋の連中も例外ではなかったのだが、小さな騒動が臥煙（がえん）の権太郎の周辺で起った。

権太郎小屋周辺四、五軒の番犬の世話を焼いている太十が、「ひょうー」と竹笛を吹くと番犬たちが、尻尾を振り走ってくる。餌の時間なのである。餌をやっているところに、五匹の野犬が侵入して、太十を脅（おど）し飼犬の餌を横取りした。

太十は棍棒（こんぼう）で追い払おうとしたが、怒った野犬が猛然と向かってきた。

「野郎、この太十様を舐（な）めやがって」

逆上した太十は、とって返し家にあった大脇差で、野犬三匹を殺してしまった。

そこまでは良かったのだが、同心の下っ引きに引っ立てられてしまった。

「性悪な野犬を叩き斬って、何の科かよ」

抗議した善七に、奉行所の同心は、

「野犬を懲しめるまでは良いが、野犬の死骸を放置しておろう」

と難癖をつけた同心は、太十を百叩きの刑にし放り出した。

止むなく善七は、太十の身柄を引きとり、犬の死骸を始末させられた。

「犬畜生の面倒まで見てられるかてんでえ。

人間様に迷惑をかける犬畜生などにゃ、野郎、何さらすのじゃと、きつく躾せにゃなんねんでぇ」

と善七が腹を立てるほどに、市中の野犬は増え、人への狼藉も目にあまるものがあった。

それでも、流石と言おうか車善七の目のつけどころが違った。増える野犬を手下に片っ端から捕えさせると野犬の皮をなめし皮にして、大工や石工職人達の尻座布団に設えて売り出した。手軽で紐つき布団は、職人の間で好評を博した。お犬役人は、散々善七に苦情を言ったが、

「厄介ものの犬畜生も、人間様の尻の下でお役に立ってらあな」

とどこ吹く風であったのだ。

会津藩邸に出向いた六郎太を、渋い顔の伊平が出迎えた。

「実はなあ――」

ひと気の無い用人部屋で、佐々伊平は一段と声を落した。

「近頃、頻々と辻斬りが横行している事をご存じか」

「噂ではあるが、禍々しい事とうっとうしい気分だ。で、それと保科さまの襲撃とどうつながり申すのだ」

「つながるとは申しておらぬ。その辻斬りだが、その一つは稀にみる美事な斬り口である事。二は必ず辻斬りに会った死体近くに、犬の斬死体が複数ころがっている。三は辻斬犯の姿が大名地に入ると忽然と消える。辻番も町奉行の者たちも辻斬りの影すら眼にせぬのだ」

「で、保科の殿がお忍びで、夜の市中をお歩きになっていたと申すのか――」

伊平は苦々しい顔で、図星だといった。

脇坂六郎太とて武士の端くれ。闇に乗じて人を斬るなどの卑劣は、金輪際せぬ。

だが、副将軍たる大守が、好奇心で軽々に辻斬りの影を追って市中をお忍びで歩くなど論外である。

保科正之に、その様な軽率な行動に至らしめた裏の仕掛けこそ、問題だと六郎太は思ったのだ。

「で、殿が襲われた夜に辻斬りはあったのか」

「あったのだ。斬られた二人はさる家中の歴たる武士だ。抜き合したらしく、もの凄い刃こぼれであった。辻斬りの刀の損傷もかなりと思われる」

狙い通りに辻斬りに往き合った直後に、保科一行は曲者に取り囲まれた。幸い保科正之の警護は、佐々伊平を頭とする隠密組の腕の立つ四人の家士が楯となり襲撃は防いだが、襲撃者五人は、一瞬のうちに消えたという。

「本気で襲って来たら、無傷では済まなかったであろう」

「脅しか」

問う六郎太に、伊平は頷いていた。

当夜、正之一行に先行して忍び警護につく予定であった家士一人が突然姿を消した事で伊平の悩みが深まったのである。

柳生但馬守の推挙で、五年前に会津藩が召し抱えた小瀬源内である。柳生の最盛期は、門弟一万数千人を数え、小瀬源内は新陰流皆伝の身で諸藩に散った一人であった。

六郎太は想い出した。

会津邸の出稽古に、二、三度太刀を合せた初老のあの男だ。

六郎太の太刀筋を、ひょいひょいと巧みに外し、決して自分の筋を見せなかった奇妙な武士だ。

二人の武士を斬殺した犯人は、小瀬源内だと六郎太の直感が閃いた。やはり陰には柳生が居る。

殿には仮にも、軽率な振舞いは慎まれたいと、強く進言されよと言いおいて会津邸を出た六郎太は、その足で日本橋の刀剣商備前屋唐五郎の店にいた。

「会津藩小瀬源内様の刀は、研ぎの難儀な古刀、嘉吉のころの備前の業物にございます。打ち合いは厳に避けるが賢明な古刀にも拘らず、今回の刃こぼれは余程の事態と推察いたします」

「ふうーん。その刀は元には戻らんな。ところで、小瀬の代替刀の注文はどうなった」

「はい、備前の古刀を二百両でお求めいただきました」

「二百両をポンと出したのか。人斬りも高くつくのう。いや、こちらの話だ」

六郎太は、辻斬りの影が見えたと思った。

小瀬は何者かの指示で、犬を斬り、人を斬ってみせ、保科正之の武士ごころを巧みに、揺ぶって見せたのだ。

「裏柳生は、未だ生きている」

どこかで、いつの日にも、権謀術策で天下、人心を操ろうとする外道が、今も虎視眈々とうごめいて居る。

忘れかけていた脇坂六郎太は、苦々しい来し方の暗い思いの中に沈んでいた。

犬を斬る辻斬り犯の黒幕は定かではない。

が、巨大である事は間違いない。

疑念を抱いた六郎太は、寸暇を惜しんで小瀬源内が、備前屋唐五郎の店に姿を見せるのを、ひたすら見張った。

小柄だが剽悍な武士が、伏編笠を傾け備前屋に入ってきた。小瀬源内であった。

源内は笠紐を解くと、部厚い欅の框に浅く掛け、内外の様子をさりげなく見回した。

「辻斬りの張本人は、間違いなく源内だ」

脇坂六郎太の五感が鋭く働いた。

研上がった大刀を縦、横、斜とじっくり吟味した小瀬源内は、

「この差料について、なんぞ尋ねて参った者が居たであろう」

源内は鋭い眼で唐五郎を窺った。

唐五郎は気軽に、

「ハイ〳〵。水戸のご老公がたま〳〵研ぎ師の手許をご覧あそばされ、これほどの古刀を実戦に使うとは、よほど酔狂人じゃのう。と申されましたそうで。ハイ」

源内は刀箱の包を抱えると、急いで研ぎ代を言われるままに支払い備前屋を出て行った。

跡をつけさせた臥煙の権太の報告を聞き、

「やはり、そうか」

と六郎太は合点した。源内が門をくぐったのは、豪壮な柳沢吉保邸であった。

万端準備を整えた佐々伊平と脇坂六郎太は、伊平配下の手足（てだれ）二人と、柳沢邸の見渡せる米屋の二階に潜（ひそ）んだ。

新月の戌（い）の刻、羽織袴でいつでも飛び出せる武士姿で見張っていた手足（てだれ）が、

「出てきた」

と鋭く眼下を指さした。

浪人風の武士の後から、出てきた小瀬源内は屋敷から離れると、懐から縮緬（ちりめん）布を取りだし、顔面を包んだ。

二人は川端をゆっくりと歩み、やがて一人が、ヒョウと口笛を吹くと、餌（え）づけされているらしい野犬三匹が駆け寄ってきた。

野犬は泣き声も立てず一刀のもとに斬られていた。

「お美事。さすが柳生新陰流のお手前でござるのう」

六郎太の物陰の声に、ギクッとした小瀬源内は立ち竦（すく）んだ。

「誰だっ」

浪人風の男が大声を上げた。

「犬の次は、人斬りでござるかな」

佐々伊平が、のっそりと二人の前に立った。

「古備前の切れ味を試されるか、小瀬源内。脇坂六郎太見参」

抜き払った六郎太に「やっ」と声を発した源内の打突が走った。

「ほう。今日は逃げの一手ではござらぬのか。犬斬り新陰流どの」

罵倒と揶揄に我を忘れた小瀬源内が、大上段から打ち下ろした刃に、すべる様に合せた六郎太の切っ先が、一瞬速く古備前の鍔を削ぎ源内の右手首を切断していた。

佐々伊平は、苦もなく浪人風体の武士の首を撥ね飛ばしていた。

「不埒な狼藉の数々。新陰流皆伝、元会津藩士の恥辱は切腹位では雪がれるものではない。あゝそうか、左手一本では切腹も容易ではないのう」

騒ぎに駆けつけた町奉行同心に、犬殺し、辻斬りの顚末を述べた二人は、小瀬源内と首のない浪人を引渡し、川面の新月を眺めながら暗い気分で歩いた。

又しても、闇の中で闇を斬った。六郎太の憂は晴れなかった。


脇坂六郎太が、今では赤穂二百石の藩士となった堀部安兵衛から、大坂屋の大旦那長兵衛が、博多の豪商大賀屋九郎兵衛を伴ない江戸に下って来ると告げられた。

大賀屋は家康と深い誼みがあり、いまの二代目もシャム交易の幕府朱印状を背景に、絶大な南蛮交易の商権を握っていた。

巨大な大江戸の日本橋に大店を構え、幕閣をはじめ諸藩に出入りする御用商人であったが、主人の九郎兵衛が江戸に下ることは、めったにない。

新任の老中、若年寄は九郎兵衛の顔を見知らぬ者がいる程の陰の大物であった。

大坂屋と大賀屋が揃って江戸に足を踏み入れる訳を、堀部安兵衛は知る由も無かったが、

「それがし馴染のトッキッキ助四郎の小料理屋で、名物の鰻料理を堪能したい。そこで、板前の助四郎に繋ぎをつけてもらいたい。ついては拙者に、佐々伊平どのと六郎太どのに、是非とも同席願いたいと申されておる」

「怪訝な話でござるな」

「いかさま左様でござるが、トッキッキ助四郎の小料理屋は、本所深川にこたび架橋された永代大橋近くの、永代寺門前仲町にござる。富岡八幡宮参詣人の繁昌のため、御法度がゆるめられ、気風の荒っぽさで知られる深川芸者で大賑わいの岡場所だ」

「で、そのトッキッキ助四郎という小料理屋の板前に、大店中の大店の旦那衆が何故に、名指でござる」

「それは、さっぱり分からぬ。が、助四郎は素人上りの板前で、女将の入聟で、妻に頭の上がらぬ大酒飲みの、無鉄砲野郎なのだ。拙者の致仕前の元赤穂藩士でござってな」

「大酒飲んで日がな一日、ゴロ〳〵していなさるんで」

六郎太は、日頃信をおく安兵衛の話だが、さっぱり要領を得ず、佐々伊平にどう声を掛けようか困惑していた。

お断わりをしようかと思っていた矢先、安兵衛は自分でも可笑(おかし)くなったのか、突然、腹を抱えて笑い出した。

「いや〱、彼にすれば武士らしい仕事と思い込んで、夜の板場と昼間の稼業に励んでいるので、聞きのがしも出来ぬのでござるよ」

「して、昼間の生計(たつき)とは何でござる」

「叩(たた)かれ屋と自ら称し、浅草門前町の盛り場に立看板を立て、扇子(せんす)一張で真剣の相手と賭け勝負をやっており申す」

「無謀な方でござるのう。扇子一本で真剣相手とは」

「いや〱。木刀、竹刀、木槍は十文という安い賭金(かけきん)の二朱返しでござるによって、町人たちが面白がって大繁盛でござる。

真剣の賭けは相手の差料でござってのう、これは高い。賭金二朱に対し、勝てば三両を進呈ということで、参勤侍や旗本の腕自慢が挑(いど)んでござる」

六郎太は、剣術の切り売りの様で不愉快な気分になった。

それにしても、余程、腕に自信が無い限り思いつかない生計(たつき)であった。

「人気を博すのは、何と申しますか。その口上が面白うござる。拙者には上手く真似ができず申訳ござらぬ」

と安兵衛は頭を掻いた。

百聞は一見に如かず、と六郎太は安兵衛に浅草門前町に連れ出された。

物陰から窺う二人の前で、三国志演義にある関羽は、かくあったであろうと思わせる顔中髭面の大男が大声で喚いていた。

「さあ〳〵お立ち合い。拙者はご覧の通りの浪人者だが、前身は歴とした武士でござった。名は平林助四郎。人呼んで一八十のトッキッキの助四郎だ。

ここに取り出しましたる名刀。抜けば玉散る氷の刃だ」

口上を言いつつ、横に立てた孟宗竹をサッと切って落す。

「どうじゃ、家宝の名刀だ。凄い切れ味でござろう」

と言いつつ俎板の上に、太い練馬大根を横たえ、えいっと掛け声と共に大上段から刀を振り下ろした。と、大根は微かに動いたかに見えたが切断されていなかった。

「寸止め——だ。神技でござるのう」

六郎太は思わず呻いた。

安兵衛が、六郎太の袖を引いた。

大刀を鞘に収めた件の武士、取り出した二丁の葉切り包丁を空で回しながら、俎板の大根を、トン〳〵と輪切りにしてみせ、

「どうじゃ、この名刀でも切れぬ練馬の大根をこの様に鮮やかに切るであろう。この包丁がたったの十文じゃ。十文じゃそばも喰えねえ。それが、なんで十文か。そこでお立ち合い、もう一寸近くにお寄りなされ」

と見物衆を手招きをし、更に声を落とし、

「これは内緒話（ないしょ）じゃが、実は某（それがし）、葉切り包丁専門の盗っ人（ぬすっと）でござってな、怪盗イチハチジュウノ、トッキッキと申す。

さあ〳〵、岡っ引きの出張らぬ内に、買った、かった」

と忽ち（たちま）十丁ばかりを売り捌（さば）いてしまった。

六郎太は、口上といい、客寄せといい、とても並みの武士のやれる生計（たつき）ではない、と一層、トッキッキ助四郎に興味を覚えた。

「コレ〳〵。トッキッキ殿、この御仁（ごじん）がお話がなされたいとの事じゃ」

安兵衛に声を掛けられ、助四郎は白い歯をニッと見せ近づいてきた。

「これは喧嘩安兵衛どのではござらぬか。不破（ふわ）ならぬトッキッキ助四郎、いたって健在でござる」

「ところで、今日は扇子の立ち合いは致されぬのか」

「うむ、葉切り包丁を仕入れすぎて、チャンと捌（さば）いて来ぬと山の神が晩酌（ばんしゃく）を取り上げるのだ」

六郎太は顔中髭の大男の軽口に腹がよじれた。男は自慢の付髭をさっと取り除き、これも商売の小道具でござる、と懐に仕舞い込んだ。

六郎太が、

「危い真剣での賭ごとなどなさらずとも、包丁がよう売れている様でござるが」

六郎太の冷やかしに、助四郎は照れながら、安兵衛を指さし、

「いや某は安兵衛どのと御同様、入り聟でござってな。生来の大酒代が儘になり申さぬ。賭け勝負は其の飲み代稼ぎにござるよ」

と頭を掻いた。板前修業は聟入り後であったという。

「嫁は名代の鬼嫁でござってな、仲々酒にありつけぬ。とは申せ、武士とても腹が減り申す。幸いな事に舅が腕のいい職人でござんした」

と苦労話を楽しく語った。

「多少は剣術に自信もあり、備前鍛冶に小刀を打たせやして、活きたうなぎ野郎を俎板の上で成敗いたす。

タレと焼きは、小屋掛鰻屋の義父どの伝来の味には勝てぬが、鰻奴の捌きは天下一品。

それが妙な評判を得ましてな」

「評判の店とは存じておるが、それにしても、博多の大賀屋、大坂屋が失礼だがそなた如き小料理屋をなぜに所望されるのか」

安兵衛は素直な疑問を投げかけた。

「お二人とも、元はと言えば大身武士。落ぶれ武家のなれの果てが何を間違ったのか、とんでもねえ大商人になっちまった。

それにしても、新大橋架橋の利権の奪い合いで、お城のお偉方は大もめだそうで。その仲立ちで渋々の東下りじゃねえですかね」

某には関わりのねえ事ですがね、とケロリといった。

毒気を抜かれた二人であったが、市井の小料理屋の情報収集の臭覚は小馬鹿にできぬと思っていた。

トッキッキの助四郎は、赤穂藩士時代の名を不破数右衛門と言ったが、流石に武士の体面を気づかっての付髭、トッキッキの平林である様であった。

大賀屋九郎兵衛動く

関ヶ原の合戦で、天下の帰趨は家康に収束していった。

敗れた西軍の膨大な武将たちの身の振り方は多様であった。

西軍の副将宇喜多秀家、備前太守五十七万石ほど数奇な運命をたどった武将は史上稀であった。八十三歳の生涯を、流人として南海の孤島八丈島に身を秘し、一族も含め徳川幕府の御赦免による度々の帰国を固辞し、ついに受入れる事がなかった。

秀家の姉聟、明石掃部頭全登は、三万三千石の家老として、生涯を秀家と共に生きた。

キリシタンであった全登は、早くから南蛮についての知見も深く、特にシャム、タイ国に通じた全登は、関ヶ原合戦後に海外に拡散した多くの武将や、浪人、商人の中心的存在として活躍していた。

「海洋交易、広く国内外の富の交易、人の交流こそ我が国の往く道だ」

アユタヤの日本人町の形成や、シャムの国政への関与は、多大な富を日本にもたらし、文化、経済に陰から寄与していた。

海外の人々と交易に専念し、日本人の元将兵や商人の面倒をみる中心人物としてアユタヤに駐在する全登に対し、国内の元家臣団の中核として、博多、大坂、江戸で活躍していたのが、絲原九郎兵衛千五百石、大賀屋九郎左衛門の祖父であった。

初代大賀屋九郎左衛門は、莫大であったシャム交易の利を、独占することなく、島井宗室、神屋宗湛ら博多豪商と誼みを深くし、徳川家康の懐に深く入り込み、シャム交易朱印状を手にした。

やがて京大坂、江戸にもシャム交易の利を基に商権を広げた。

大賀屋の右腕となり働いたのが、元絲原九郎兵衛の用人、五百石森長門守が大坂屋長兵衛の父であった。

南蛮交易を禁じた幕府であったが、息のかかった豪商と堅く結んだ海外交易の利権の窓が閉される事はなかった。

明石全登らの開明武将による武力を背景とする人、物、金銀の交流は、大きな底流として徳川幕藩体制を陰から支え続けていたのである。

その陰の男、大賀屋九郎兵衛が、江戸に下ってくると言うことは、容易ならざる事態が幕閣たちの中に出来している事を示す。

その夜の顔ぶれに内心驚いたのは、堀部安兵衛だけではなかった。

トッキッキの助四郎の鰻屋に案内した大賀屋と大坂屋は、面体を宗十郎頭巾で覆っていた。上座に腰を落ちつけて終始黙っていた。

やがて、佐々伊平と共に座敷に通ったのは、意外にもこれも面体を覆った副将軍保科正之であった。

「御前──」

と、驚きひとこと口にしただけで、脇坂六郎太は頭を下げ無言であった。

「御用繁多の中、お運び下され恐悦至極に存じまする」

口火を切ったのは、頭巾をはずした大賀屋九郎兵衛であった。倣って大坂屋清兵衛も頭を下げた。

「いや、お手前様方には並々ならぬご心労をお掛け致した。ご両者のお骨折りなくば、上様の勘気を被る大名、家中は数知れぬ。ようこそお納め下された。徳川一門を代表し厚くお礼申し上げる」

と、丁重に正之は頭を下げた。

「痛み入りまする。が、私共にできます事はあくまで金銀の損得づくでの決着にございます。卒爾ながら雅楽頭様と館林ご用人のお二人は、私共商人が唖然とするほど銭銀への執着が強過ぎる御方と拝察いたしました。今後も天下を揺がす不祥事が頻発するでありましょう」

ニコッと笑みを漏した正之は、

「肝に銘じておきましょう。お二人は、下馬将軍と柳沢吉保殿とは初見でござったはずでござるが」

「人の本性を見抜くは、商人の初歩にござりましてな」

と大賀屋も大坂屋も顔を見合せて笑った。

保科正之の手に余る金銀が酒井と柳沢との対立の決着に動いた事が、三人の短かい対話に読みとれた。

酒席は、トッキッキの奇妙きてれつな場持ちと、俎板上の活きた鰻を備前刀で鮮やかに捌く絶品の鰻料理で大いに盛り上がって終った。

伊平、六郎太は保科正之の身辺を警固して助四郎の小料理屋を後にした。

トッキッキは、儂にも手伝わせろと六郎太と夜道を同道した。

「お主は、何で赤穂藩をしくじった」

問いかけた六郎太に、トッキッキは真面目に答えた。

「塩場を探る曲者を捕えて斬った。浜辺奉行として軽率極まると、大石御家老に叱責を受け奉行御免だ。だが考えてもみよ。泥酔の身で取調べができると思うか。拙者には、曲者を成敗するしか思いつかなんだという事だ」

「本名は不破数右衛門と申されるのだな」

「いや、身共は、ソレ平林か平林か、一八十の木木、一ツに八ツに十木木の落話の鰻屋の若旦那助四郎じゃ」

ヘッヘッヘと、トッキッキはあくまで白を切りおどけて見せた。

六郎太は、副将軍会津二十八万石、保科正之がいつの日か大老酒井雅楽頭、館林二十五万石の才人柳沢吉保と厳しく対峙する事になるかもしれぬとの予感がしていた。

佐々伊平が襲われたのは、伊平が酒井雅楽頭の用人と面談した帰路であった。

手下一人を伴った伊平は、酒井雅楽頭の意を受けた用人の、保科正之への強要が予想通り執拗であった事に、いささか、うんざりしていた。

島越神社の東側は、隅田川沿いに御米蔵が並び人通りは少ない。

やがて浅草橋という時、前方から浪人風体の五人が歩いてきた。

すれちがう段になり突然、

「会津ご家中、佐々伊平どのでござるな」

と道を妨げた。

すかさず四人が伊平たち二人を取り囲み、鯉口を切っていた。

「いかにも、会津藩佐々伊平にござるが、そなた達はいずれの者か。名を名乗られい」

雪駄を跳ね柄に手をかけた伊平に、

「問答無用。斬れ」

頭らしい人物が、いきなり伊平を抜き打った。

「乱暴な方々だ。かくなる上は容赦いたさぬぞ」

仲々の使い手である。

伊平は相手の刃を跳ね上げるや、くるりと回転しざま後の浪人の胴を抜いた。

「うぬっ」

正面の頭の打ち込む刃風をそらすや、刀を握る浪人の腕を斬り落した。

手下が浪人の一人の肩を斬り込んだ。頭は形勢不利と見るや、

「引け、引けい」

と絶叫すると、血飛沫を振り散らし、右腕を残したまま仲間の肩に担がれ逃げ去った。

死体と手負い浪人を、番所に突き出した伊平は、奉行所同心に仔細を届けた。

「白昼、会津ご家中を襲うとは不届千万。厳しく取り調べ、ご報告いたす」

が、予想たがわず、奉行所からは梨の礫であった。

「大方、そなたも予測の筋でござろう」

と伊平は六郎太に言ったが、襲撃した者たちの黒幕も身許も、多くの手下を抱える佐々
伊平は探り当てていると思った。

しばらくして、柳沢吉保の九千六百坪もの宏大な地に贅を尽した屋敷から、密かに運び

出された首の無い浪人者の三死体が、神田川の紺屋町に流れ着き市中は大騒ぎになった。
佐々伊平の手の者の見聞によると、頭株の浪人の首は、吉保自らが打ち落し足蹴にしたという。

「この分では、奉行所に突き出した浪人の首も無くなっていよう。刀の錆とはなんとも哀れな言葉だよなあ」

佐々伊平は、六郎太に嘆息していた。

その頃、将軍が体調不良となり、見舞伺いに登城した保科正之に、将軍家綱がいった。

「ご老体にも拘わらず、酒井雅楽が実に煩い。予が軽々に水戸ご老公や、父家光様の死に殉じた堀田正盛の子を排除できぬ訳を知らぬであるまいにのう」

「いかさま、酒井大老と館林側用人の確執は眼に余りまする。お互い金銀にものを言わせての幕閣の懐柔、乱脈ぶりは正さねばと密に存じておりますれば、ご心労を患わされまするな」

「信頼できるそちの言葉を、聞かぬ限り心が休まらなくてのう」

家綱は、正之の控え目ながら幕閣の権力争いに何事か期している様子を確認すると、意を決したように、

「余はかつて天海大僧正から承った昔話を、ふと思い出すのじゃ。

神仙を敬うためには寺社復興、宗教制度の是正、人の上に立つ武士には士風高揚が大事であり、各々の藩士の規律が乱れては良くない。歳は若かったが、淡路三万石脇坂安治という人物に、家康公は大いに感じるところがあり、久能山より日光山に移柩する大事の軍列に具奉させよと遺命されたという」

「如何なる人物でございますか」

「うむ、特に目立つところは無い、極く穏やかな武将であったそうだ。風聞によれば脇坂安治は、秀吉公が、賤ヶ岳で柴田勝家を破った時の一番槍だそうなと申された」

「その一番槍殿が、どうして大僧正のお心に残ったのでございましょう」

「さあ、それがよくは分からぬ。が、徳川の御世において、人倫が乱れるような時あるとすれば、ああした武将が必要であろう。脇坂安治は、珍しくも無い貂の皮を槍鞘にしておったので、将軍秀忠公より拝領の虎の皮を下げ渡してやろうと思ったところ、安治は言下に拒んだのじゃ」

天海は同席した二代秀忠が驚いた目をむいたと笑った。

安治は栗の甚内と呼ばれた赤黒い、丸い顔を二代様に向け、平然と秀忠公の下賜品をいりませぬと言った。摂津で一万石の采地大名が述べる言葉ではない。が、秀忠は、

「よい〳〵。さすが家康様が我が柩に供奉させよと遺命された武骨の将じゃ」

と愉快そうに笑った。

貂の皮には、甚内安治には、武将として大きな思い入れがあった。そのころ、信長公の命令で丹波攻めにあたっていた明智光秀が、黒井城主赤井悪右衛門直正という猛将に苦戦していた。

信長に丹波の光秀の応援を命ぜられた秀吉は、甚内安治を差し向けた。

赤井直正は首にできた疔に苦しみながら、無類の闘争心で抗した。そうした中で単身城中に乗り込んだ安治は、信長の天下布武の意義を説き降状を奨めた。

だが赤井直正は、

「武将が命を惜しみ降伏はせぬ」と突っ撥ねたが、安治の誠実さと肝力をたたえ、愛用の貂の皮の槍鞘を贈った。

翌朝、激しい白兵戦の中で、安治は直正を討ち取った。

安治は赤井直正が赤井家に並々ならぬ誇りを持つことを察し、落ちてきた直正の兄の子忠家を秀吉に推挙、のち家康から大和十市郡で千石をもらい、江戸の旗本として家系をつないでいる。

「さて、後代の者はどう育ちおるやらと天海僧正が述懐された事を、いま想い出してのう」

保科正之は、心ならずも上様が後世について深い憂いをお持ちである事を知った。

後見役たる自らの果さねばならぬ重い責を思っていた。

「脇坂安治の後裔安政は、龍野藩五万三千石にて良政をひき、領民に慕われている様でございます。安政は三代家光公に殉死した堀田正盛の二男で、春日御局様の養子となっております」

「それは上々じゃ。行く末とも引き立てて遣せ」

「はい。心に留めおきまするが、上様が面白がられて江戸市井指南役を、仰せ遣された脇坂六郎太は、脇坂淡路守の係累にございまする」

「左様であるなら、余の眼もまんざら節穴でないという事だ」

家綱は正之をじっと見つめると快活に笑った。

「伯父御、そなたが副将軍である事が、余にとって如何に幸せであるか。父はようお見通しであったと思う」

正之は、重い足取りを努めて軽く、そしてやるべき事を、再度、胸に深く納めて下城した。

「下馬」の高札を横目に、高札脇の宏大な酒井忠清邸に、

「下馬将軍」か、と苦々しい思いで呟いていた。

四代将軍家綱の体調不安が流れると、途端に遠慮会釈の無い跡名争いが表面化した。

水戸隠居の光圀、保科正之の一挙手、一投足に幕閣の野心家たちは神経を尖らせていた。

「何と馬鹿な事を申すのじゃ。酒井雅楽頭は」

隠居の身とはいえ、天下の御意見番としての誇りをもつ、水戸老公徳川光圀は思わず声を荒らげ、手にした扇子で、ハシッと脇息を打った。

勤皇の思いの深い光圀であったが、唐突に大老の座にある酒井忠清が、家綱の世子に有栖川宮幸弘親王を推した事に、権謀の匂いをかぎ取った水戸光圀は、強く反対をした。

天皇を敬うことと、皇室を権力の中心に据える事は同一ではない。

ましてや、皇室を軽んじる言動の多かった酒井大老だけに疑念を深めた。光圀は正面から異を唱えた。

権勢を極めている酒井大老だけに、光圀としてもよほどの決意を固めなくてはならなかった。

「下馬将軍などと図に乗りおって。徳川の恩顧あっての酒井じゃ。酒井雅楽を成敗いたせ」

水戸光圀の怒りを耳にしながらも、

「フン耄碌はしたくないものよなあ」

と四十半ばを過ぎたばかりの酒井忠清は、傍らの柳沢吉保を顧みて笑っていた。

館林綱吉の強い推挙で若年寄りの座を占めていた吉保は、黙って頭を下げた。

「ところで、堀田正俊殿は皇室の血が、この徳川幕府に注がれる好機であると思うであろう。若い老中のそなたの出番じゃ」

「それがし、幕閣の一人として大老のお考えには賛同いたしかねます。老公の申される通り徳川の血統を重んじてこそ、この世は治まるのでござる。耄碌は酒井大老でござる」

「何をほざくか。若輩者奴が」

酒井雅楽頭は憤然とし、

「館林宰相の将軍世子は、この雅楽頭が粉砕いたす。よいなっ」

と席を立った。


江戸城内の老中たちの後継世子問題が紛糾している様子は、絶え間なく保科正之の耳に入った。

水戸老公の屋敷を訪ねた正之は、徳川家の長老として果断な決断をした。

家綱の心中の苦悩を取り除き、天下泰平の政事の道をひく役目を重く受け止めた。

佐々伊平に、すぐさま老中堀田正俊のもとに正之の考えを認めた密かに文を届けた。

柳沢吉保へは、佐々伊平の推挙で吉保に二百石で身を預けている論客細井広沢の助言も得て、織物の縦横の糸、運命を同じくする経と、人が守らねばならぬ八道の倫を諄々と説き、家綱の世子には三代家光の第四子館林宰相綱吉が相応しいと結んだ書を託した。

ただ一条、保科正之は、綱吉の偏愛癖だけは天下人として厳に慎しむべきであると付記した。

元々、英知ある人物が、後の世人から最低の将軍との烙印を押される事となったのは、学ばねばならぬ副将軍保科正之の慧眼を疎かにした報いであった。


保科正之は、用人佐々伊平一人を伴い、酒井忠清大老の招きで、東叡山黒門町、忍ばずの池端の繁華の地区の料亭忍岡に入った。

黒門は仁王門と共に、上野山寛永寺の入口の表門であった。

忍岡は、大老酒井雅楽頭の贔屓らしく、堂々たる造りの料亭であった。

広大な築山の立派な樹木の手入れをする、大勢の職人たちが、立ち働いていたが、いずれも大老の身辺警護の士であると正之は見破った。

その中を正之と伊平は、風雅を楽しむように、ゆっくりと離れに案内する番頭に従った。

「どう潜り込ませたのか」

正之の囁きに伊平は、

「それがしも、その道で仕える身にございます」

と伊平は低く短かく答えた。

座敷に落ちつく間もなく、酒井大老は十五人ばかりの供揃いで、堂々と忍岡の玄関に駕籠を乗りつけた。

保科正之より、よほど歳下の忠清は、

「保科殿、大儀にござる」

と慇懃に挨拶をし席についた。

「家綱様には、恙なく祝着に存ずる。が、政事に一刻の間断も許されませぬ。身共は、その一事のみ懸念申し上げる」

「仰せご尤もでござる。が、天下人は唯一無二の存在でなくては成り申さず。幕閣あげての賛同を取りまとめ願いたい」

「無論の事。大老それがしの一存で決する事ゆえ、無用の口出しは副将軍とてご無用にござる。本日は、その事を御身にお伝えしたくてお招きした次第じゃ」

「四代様は無論のこと、保科正之も有栖川宮幸仁親王の征夷大将軍には賛同いたし兼ねまする」

「左様か。お身も四代家綱様と共に隠棲して頂こうかな」

「たかが大老の身で、将軍職に拘る軽々しい言葉は、身を誤る因でございましょう」

「笑止千万。わが酒井家は、徳川と先祖を同じくいたす松平親氏じゃ」

「もはや話し合いは無理でござるのかな」

「無理でござる。が、保科殿、用人一人の護衛では、この期に及んでのご帰邸にいささか不安でござろう」

そう嘯いた忠清は、さり気なく障子を開け放ってみせた。

が、突然「うっ」と呻き、よろ〳〵と柱にしがみついた。

「しからば、御免」

と保科正之は、職人風体や、忍岡の使用人たちに紛した暗殺者が倒れ伏す体を避ける様に、玄関先の迎え駕篭に身を沈めていた。

「いやあ、南蛮の白霧煙とは、すさまじい秘薬でございますなあ。商人とは申せ元は、戦場を駆け抜けた武将大賀屋でござる。いざと言う時の人殺しぶりは空恐しゅうございます」

「うむ、うむ」

と答えながら、駕篭の中で腕組みをした保科正之は次の非情な大老殺しの決断をしていた。


四代将軍家綱の余命は刻々と迫っていた。

保科正之は、家綱の心身を安らかにする最後の大事と判断したのは、大老酒井雅楽頭の排除と、館林宰相綱吉の将軍世子の決定であった。

「よいか、武家らしい最後を全うしてもらう為には、酒井忠清に残された道は自死切腹だ」

正之のもとに密かに呼び出されたのは、佐々伊平と、脇坂六郎太の二人であった。

「斬殺はならぬ。全霊をかけ、忠清殿に切腹を奨めよ。天下の政事の理を説くのだ」

「大老が応じられぬ場合は――」

「如何ともし難い。殺せ」

正之は非情な言葉で命じた。

「奇妙な掛け合いを請負（うけお）ったなあ」

六郎太は、伊平をみて頭を掻（か）いた。

「武士（おぶけ）なんて、やめなはれ。いつまでも阿呆してたら、あきまへんで」

船頭の宇助の言葉を思い出していた。

「わしは、阿呆かいな」

六郎太は、入念に手入れをした抜身をジッと見詰めていた。


その日、酒井雅楽頭の宏大な屋敷の表門に立った佐々伊平と脇坂六郎太は、威儀を正し、懐に四代将軍家綱の書と、将軍家からの下賜の品々を持参していた。

「不快である。余は心身不快で伏せておると申し伝え、追い返せ」

言いつつ、家綱の使者を門前払いも出来かねるかと、渋々ながら二人の前に姿を見せた。

不快を口にするだけに、いつもの忠清らしい豪快な気風はみえなかった。

上座に、どんと座った忠清の手が、心なしか震えてみえた。

「おのれ堀田正俊め。柳沢吉保ごときと図って、この大老を陥れるつもりかっ」

家綱からの書面を握りつぶし、二人に投げつけた。

伊平と六郎太は、家綱の書面の内容は百も承知であった。

去る永代橋架橋をめぐり、商人たちの懐から巻き上げた賂は、桁はずれの額であった。

その取り分をめぐって、酒井忠清と柳沢吉保は激突した。

その仲裁を巡って、大賀屋と大坂屋が、めったに顔を見せぬ江戸に下ったのだ。

その内実を保科正之は、老中堀田正俊に包み隠さず話し、大老酒井雅楽頭を葬る決め手とした。

二人が懐にした莫大な金銀は、回りまわって幕府の公金の着服であった。

怒りと落胆の納まらない忠清に、

「恐れながら、かかる不正の表面化は徳川幕府の権威の失墜にほかなりませぬ。ここは潔くお腹を召されるならば、監督不行届きの責任をとられての自裁として、家名を傷つけぬよう計らうと、保科正之からの言づてにございます」

「ええい、小癪なり。聞く耳持たぬわ」

座を立とうとした忠清に飛びかかったのは、六郎太であった。

「無礼者。誰か、誰かおらぬか」

必死にもがく忠清であったが、内密の面談とあって控えの武者控え部屋は手薄であった。

「御免」

六郎太は、忠清の脇差しを引く抜くや、背後から深々と忠清の腹部に差し込んでいた。

「うわあっ」

と絶叫する酒井清忠の腹部を、六郎太は真一文字に斬り裂いていた。

血糊の中にのたうっていた酒井雅楽頭は、やがて絶命したのか、微動だにしなかった。

立ち騒ぐ側近、家中の者を、ぐっとひと睨みした佐々伊平は、鮮かに忠清の首を一太刀で打ち落した。

「お騒ぎ召さるな。家名断絶を望まれるなら別でござる。死体は美しく、死化粧をなされ老中にお届けなされい」

と言い残して、家中の士たちの中を静かに去っていった。


後日、大老酒井雅楽頭の突然の死が幕府から公表された。

日を置かず、大老となった堀田正俊は恭しく、家綱世子として館林宰相、徳川綱吉を江戸城西の丸に迎えた。

綱吉の側用人となった柳沢吉保は、晴れて幕臣の身となった。

家光第四子の綱吉が、二十五万石で館林藩に入ったのは、寛文元（一六六一）年であった。

側用人として五代将軍綱吉の最側近となった吉保は、川越七万石、そして甲府藩十五万石と、人々があれよ〳〵と呆れる速さで、またたく間に大身大名となり、老中上座を占めた。

家康は八王子に武田遺臣の千人の郷士を住わせ、江戸の守りの要所とした。八王子の千人同心には、かつての強国武田軍の忍者集団、剣技、砲術の強者が多く、今では柳沢吉保の密かな身辺警護の親衛隊となって辣腕をふるっていた。

にんまりと独り北叟笑む柳沢吉保の豪奢な用人部屋に、跫音もなく近づいた者が無言で障子を開いた。

吉保は家中の者と思い、ふり向きもせず、

「ご苦労。万事、上首尾であった」

と忍びやかに喜びを伝えた。

「――――」

異様な空気にふり返った吉保は、ぎょっとなった。

佐々伊平が静かに立っていた。

「どうして、その方が――」

伊平はやおら懐から書状を取り出すと、

「酒井大老が自裁なされた起因となり申した、堀田正俊老中へ差し示された不祥事の顛末書の写しでございます。呉々も其の旨をお含みおき下さる様、わが殿より申しつかって参りました」

書状に目を通す柳沢吉保の眼が泳いだ。

が、吉保は静かに折りたたんだ書状を、懐深く仕舞い込むと、ポン〳〵と手を打った。

「客人のお帰りじゃ。丁重にお見送り致せ」

と大声で呼ばわると、取り巻く側近に小声で「あの者を斬れ」と言い残し足早に後を見ずに去った。

伊平は豪壮な柳沢邸の大屋根に、素早く飛び移るや身を翻し、立ち騒ぐ柳沢家中の吉保親衛の者を尻目に闇に消えていた。

幕閣の暗闘

江戸の人々は、入浴好きである。

年中、巻き上げられる砂埃は避けようもない。そんな身体を、さっぱりと洗い流す湯屋は一年中、大にぎわいであった。

が、湯屋の営業は火元取締りのため、昏れがたには店を閉めた。

ただ大晦日だけは、終夜営業が許される。

夜が明け初めると、初風呂の客が待ちかねて押しかけた。

二階は二、三十畳の広さの座敷になっており、甘党、辛党はめい〳〵で湯上がりを、くつろぐという趣向であった。五代将軍綱吉の代となり、柳沢吉保の意のままに繰り出される政事の数々は、江戸市中の隅々まで武の道を軽ろんじ金銀が舞い散る世情に変じていた。

「江戸も変ってしまったなあ」

一年の垢をさっぱりと流そうと思った六郎太は、車善七と湯屋の二階で向き合っていた。

一年中、働き続けであった二人には、晦日、元旦は背筋がのびる様な寛ぎの時であった。

「こんな話は耳に入れねいでおこうかと、思いやしたが、どうしても話さねえと腹ん中が腐っちまう様な気分なんでさぁ」

「善七どのらしくねえ言い草だ。掛け合い屋にゃ、盆も正月もないやね。どうなすった、話してみねえ」

六郎太の誘いに、車善七はホッとしたらしく重い口を開いた。

「保科の殿がお亡くなりになり、権力の権化であった酒井雅楽頭も失脚と、大物の後に続いた曲り者柳沢吉保様、大老堀田正俊様では、もういけません。こりゃあ、天下大乱の兆じゃございますまいか」

善七の口吻に六郎太は、苦笑いしながら、

「善七どのが、人前で声高に天下を論じる様ではこの世も終じゃのう」

と冷やかすと、善七はキッとなって、

「小者がすさまじい権力を握っちゃあ、この世は終りでござんすよ。いつの時代も」

と憤然とした。

「ところで、そなたの相談ごとは何じゃ」

「そうだ、それなんですよ。実は今回の御赦免船で、あっしの懇意にしている御家人崩れが帰府いたしました。森源三郎といいやす」

「その御仁は何の罪で流人となった」

「へい。その森様にお紺という許嫁がありやした。日本橋本石町二丁目で、上方からの上り酒・塩・醤油などを扱う橋屋鹿二郎の娘なんですが、そのお紺に横恋慕した若年寄稲葉正休様の近習頭木村太三郎が力づくでお紺を奪ったのでござる。

憤慨した森御家人が木村を斬ろうと襲ったまでは良かったんですがね、反対に取り押えられちまったという訳で。幸い相手が命をとり止めたお陰で死罪は免がれての遠島という訳で、へい。

帰府してみますてぇと、許嫁のお紺は稲葉家の家風に合わぬと難くせの上、不縁になり、哀れな状況を知った森源三郎が又もや、木村某を討ち果たすと息まいておりやす」

「それにしても、未練な男じゃのう、森源三郎は」

「そうでもねえんですよ。近習の木村てぇいう奴は、とんだ下衆野郎でして、主人の意向を笠に着て、外道しほうだい。朋輩を痛めつけるは、横恋慕したお紺まで酒乱の上で殴る蹴るのやり放題。

見かねた橋屋が娘の肩を持つと、その方の商いが立ち行かぬ様にしてやると、若年寄の権力を笠に着て、反対に謝罪金をせびり取り離別という具合で。それでも又ぞろ事をひき起こせば今度は死罪は間違いねえ。かといって森源三郎も、このままへこんでは、武士が立たねえと苦しむのが憐れでねえ」

善七は、ほと〳〵困り果てている様子であった。

「男と女の諍(いさかい)は、とんと不案内じゃが、そうは申しても相手は若年寄の家中の者だ。とにかく一度、佐々伊平の智恵を借りてみよう」

六郎太にはうっとうしい仕事始めとなった。

少なからず肩を落として帰る、元気者の善七と別れた六郎太であったが、佐々伊平に持ち掛けた世間話が、とんだ大騒動につながってしまった。


幕閣第一の大老という押しも押されぬ実力者にのし上がった、古河(こが)藩九万石堀田正俊(まさとし)は、父正盛が三代家光に殉死(じゅんし)した功により、家光の乳母(うば)春日局(かすがのつぼね)の養子となり、前大老酒井雅楽の追い落しと、五代将軍綱吉の実現に館林藩用人柳沢吉保と手を結んでいた。

さしたる識見もなく、父や春日局の七光で、幕閣での大老職になったのだが、すっかり有頂天になり、弟正英と従兄弟(いとこ)の稲葉正休(まさやす)までを若年寄にするなど、勝手放題の権勢をほしいままにしている。

一方で綱吉の側用人として、諸大名を操る柳沢吉保との間で酒井雅楽頭亡きあとの勢力争いの軋轢(あつれき)は次第に増大していた。

大老堀田正俊は、前大老酒井忠清失脚と同じ汚職の弱味を持っている吉保をいずれ排除してやると豪語し、吉保を軽視し愚弄(ぐろう)していた。

そうした一触即発の堀田大老と綱吉の側用人吉保との確執について、知る立場にあったのが会津藩江戸家老の立場にあった佐々伊平であった。

その伊平が、懇意の若年寄稲葉正休の江戸用人から、驚くべき内実を聞き及んでいたのであった。

堀田一族間の権勢争いを好機到来と手を打って喜んだ柳沢吉保の堀田大老謀殺という陰湿な計画が動き出していた。

ことは従兄弟（いとこ）の稲葉正休が、大老堀田正俊に、しきりに大坂の淀川改修工事の利権がらみで、河村瑞賢（かわむらずいけん）を除外しようとしたのを、正俊が立腹して正休の面子（めんつ）と利権が失なわれてしまったという堀田一族のいざこざ事にあった。

「正休（まさやす）、そちの主張が真当だ。河村瑞賢にいい様にされておる大老では、天下は治まらぬ。その方の力で一族の堀田大老を始末せい」

と、しきりに正休を焚（たき）つけていた。

日頃から、正俊ごときが大権を握る大老など、我慢ならぬと口惜しさと怨念（おんねん）に、こり固まった稲葉正休（まさやす）に、

「将軍も、正俊は不愉快じゃと常々仰せである。正休、天下の為に働くのは今じゃ」

柳沢吉保の巧みな、将軍の意向だと言わぬばかりの扇動で、堀田大老の従兄弟正休を持ち上げた。

吉保が表面化を何としても押えたい汚職の弱味を握る堀田正俊を謀殺したい事情を知ら

ぬ正休は、利を以て熱心に誘導する吉保の言を世の為、天下万民の為だと、大老抹殺を稲葉家の大義だと家中の主だった者に呼びかけた。

近習頭の木村太三郎が、正休の意を体し大老暗殺集団をつくり、密かに機会を窺っているのだと言う。

「保科正之様でもご存命ならば、相談にも乗って戴けるものを、何処にも頼る事もならず、苦しい限にござる」

稲葉の江戸用人は苦悩の中にあると佐々伊平は六郎太に告げた。

六郎太は密かに決断した。

警固の厳しい大老を、若年寄の近習ごときの襲撃が果せるものではない。幕閣間の血で血を洗う天下騒乱を引き起こす前に、その芽を摘むことが肝要だ。

島がえりの流人侍森源三郎に、稲葉若年寄の暗殺集団の核である木村を密かに討たせようと思った。

善七は、喜んでたちどころに森源三郎と、橋屋に話をつけた。

橋屋鹿二郎は、娘紺を故郷の播州山崎の店に手代と共に遠ざける手配をした。

鹿二郎の妻梅のひと声で、江戸と京の出店も畳んだ。有力な幕閣間の争い事から身代を守る賢明な措置であった。

節分も過ぎ、江戸の春の足音が近づいた弥生の陽気に誘われるように、稲葉正休（いなばまさやす）の近習木村が、下人を伴い采女（うねめ）が原（はら）に姿を見せた。

日本橋本石町の橋屋鹿二郎が、娘の不調法（ぶちょうほう）のお詫びに、よろしければ馬一頭を差し上げたいので、調練かた〴〵、采女が原にお出まし願いたいとの丁重な案内に、気分を良くした木村が顔を見せたのである。

采女が原の馬場は、貸馬もあり侍（さむらい）たちの調馬に励む姿が多く見られた。

武士の必要な心得である乗馬だが、泰平の世になり、物価も上がった昨今では、馬を養うのも次第に困難になっていた。

とはいえ、飼い馬に乗るという事はいっぱしの家柄とみなされる。

「馬か。それは重畳（ちょうじょう）。気に入れば貰（もら）い受けて遣（つか）わす」

と出向いてきた木村は、三年前に自分に斬りかかった森源三郎が六郎太と共に向い側の土手に蹲んでいるのに気づかなかった。

「うむ〳〵」

満足げに手綱（たづな）をとり、ひらりと鞍（くら）に跨（また）がった途端、その馬は狂った様に、頭を振り、後足を蹴り上げ疾駆（しっく）しはじめた。

必死にしがみつく木村であったが、土手の曲り角で、六郎太の突き出した鉄込杖に馬は驚き後足立ちになり、もんどりうって木村太三郎は落馬した。

走り寄った森源三郎が、木村の襟を把むや、

「重なる仇だ。思い知れ」

と木村の脇差しで深々と腹を抉った。

近づく人もいない深い草むらの陰で、人知れず木村は悶絶して果てた。

「某の出る幕も無かったのう」

六郎太の独り言に、車善七は「上々でありやす」と満足し、お紺の父も、島帰りの森源三郎も積年の恨みが晴れましたと喜んだ。

鞍の下に敷き込んだ、鉄鉤の仕掛けを知る車善七は、悪どい奴は多くの人々の面前で、叩き斬ってもれえてえと思ったんだが良とするか、と六郎太に嘆いてみせた。

水戸ご隠居怒る

それから半年後のことであった。

城中の松の廊下を歩む老中若年寄の列の中を、急ぎ足で近づいていき、大老堀田正俊に背後から声をかけた従弟の若年寄稲葉正休が、

「御免――」

と言うが早いか、抜き放った脇差しを正俊の腹深く突き貫いた。

バタリと倒れ伏した大老に馬乗りとなった正休は、何度も正俊の腹を抉った。事の重大さに老中たちは狼狽した。

「狼藉者だ。早く〳〵成敗いたせ」

将軍側用人柳沢吉保の大声に、老中たちは我れ先にと血刀を手にした正休に斬りつけた。

稲葉正休は、全身を切り刻まれ全身血染めの姿で柳沢吉保の袴の裾にすがりつき、

「柳沢殿、吉保様――。お約束が違うではござらぬか、お約束が――」

正休は形相凄まじく、声を絞り出し吉保に迫った。

「早く息の根を止めよ。恐れおおくも殿中刃傷の乱心者は速かに成敗いたせ。よいな」

と言い捨て吉保は奥へ去った。

この状況を伝え聞いた水戸光圀は、

「世も末じゃ。天海大僧正、保科副将軍亡き後じゃ、止むを得ぬ。隠居の出番であるわい」

どの様に黒い雲が覆っておろうと、その後には明るい太陽が輝いている事を忘れてはなるまい。

と老骨に鞭打ち早々に将軍綱吉へ強引に目通りを求めた光圀は、久しぶりの登城であった。

煙たい存在である光圀だが、避けるわけに行かない綱吉は、側用人吉保を引き連れ光圀の前に現れた。

ギョロと、いつもの温厚な顔一杯に怒りの目を吉保に向けた光圀は、開口一番、

「上様のご尊顔を拝し、光圀、恐悦至極に存じ奉りまする。が、僭越ながら徳川光圀、本日は例え様もなき立腹を以て、上様へのお目通りを願いましたる次第。左様——。そこなる側用人柳沢吉保如き邪悪なる人物を、上様が側近くで重用なさるは、賢明なる綱吉殿の大いなる失態にござる。即刻、遠ざけられるよう進言申し上げまする」

光圀の歯に衣をきせぬ苦言に、綱吉は怒りの眼を光圀(みつくに)にむけた。

「ご一門の長老とは申せ、余の側用人の罷免(ひめん)を口にするとは分(ぶん)を過ぎたる行為じゃ」

「側用人の罷免は、私情に非ず。天下の政道を邪(よこしま)にする張本人ゆえの進言にございます
る。

此度の大老堀田正俊の殿中での殺害という前代未聞の不祥事を企(たくら)みしは、それ、そこの柳沢吉保(よしやす)じゃ」

吉保は何を申すか老耄(おいぼれ)と、鼻先きでせせら笑った。

「何を証拠にその様な讒言(ざんげん)を、水戸ご老公ともあろうお方が――」

「黙(だま)れ、吉保。その方が稲葉正休(まさやす)に大老殺害を唆(そそのか)し、その正休を殿中で口封じのため、即刻斬り殺した事実は隠しだて出来ぬであろう」

返答に窮した吉保に、

「殿中刃傷などもっての外。不埒(ふらち)な狼藉者を取り押えるは当然じゃ」

と助け舟を出した綱吉に、向き直った光圀がいった。

「上様、それが天下の政道を誤る因にございます。殿中の狼藉者を取り押えるは、老中として当然の事。

しかしながら、事の善悪、正否を糺(ただ)すのが、将軍たる者、天下の政事を司(つかさど)る綱吉殿のお役目にござる。

然るに側用人ごときが、事の正否、顛末をも明らかにする事なく、加害者の口を封ずる命を出すとは、何たる越権、思い上りだっ」

不愉快げな綱吉に委細かまわず光圀は、

「吉保、その方は、稲葉正休の身柄を取り押えるまでが職分じゃ。しかるに声を大にして、成敗せよ、殺せと命令をしたであろう。大老暗殺を企み、その下手人を殺害し、一切の口を塞ぐとは市井の極道者同然じゃ。邪な成り上り者が実権を手にせんとする類じゃ。この下賤の成り上り者奴が」

辛辣きわまりない光圀の攻撃に、綱吉は憤然と座を蹴った。

あたふたと、吉保は綱吉の後を追った。

「ああ、我あやまてり――」

人柄も良く、学問の素養深く、徳川一門の血統として相応しい人物として、強く五代将軍に綱吉を推した光圀であったが、その綱吉が、かくも愚かしい小才者吉保の意のままに動かされている事に後悔しきりであった。

光圀の捨て身の進言も虚しく、柳沢吉保は綱吉の引き立てを背景に、その後も、元禄の時代の大立者となり、絶対的な権力者となった。

吉保は、巷間伝えられるところによれば、

「泰平の世の武器は、金と女じゃ。やれ、鉄砲じゃ槍だ城だと肩肘張る馬鹿大名はそうするがよい。ましてや学問など権力を持たぬ負け犬の戯言じゃわ」

と常々、公言し、将軍をも凌ぐ権勢で諸大名には、幕命と称し費用の嵩む施策を押しつけ、意に添わぬ大名家は次々と取り潰した。

五代将軍綱吉の時代、取り潰された大名家は、歴代将軍に比し群を抜いて多かったが、没収した大名領地の余禄による将軍家の石高の増加は著しく、四百三十四万石にも達した。

柳沢吉保流の幕府財政が成功したことを物語る。

まさに、外道さながらの金銀至上幕政の上に元禄文化は華開いていた。

中でも武士の世の終りを宣告していたのが、「生類憐みの令」の公布であった。

綱吉の戌年生まれを、巧みにくすぐり、生母桂昌院と知足院隆光との二人三脚で生み出された「憐み令」は、徐々に市井の人間より、犬が優位に立つという世相となり、多くの悲喜劇が至るところで生じた。

業を煮やした水戸光圀は、

「犬畜生が、人に役立つとは此の様な事を言うのだ」

と、野犬百匹の皮を剥ぐと、きれいになめし皮にし、大きな長持ち三棹に納め、水戸徳川家の葵の紋どころを染めぬいた大布にくるみ、静々と城中に担ぎ込んだ。

ご丁寧にも、

「生類を憐れみ、以て天命を全うした野犬どもの身を、天下万民の為にお役立て願わしゅう存じ奉り候。水戸隠居徳川光圀」

の皮肉極まりない添書があった。

水戸老公を罰することも成らず、さりとて粗末に廃棄もならぬ野犬の皮を綱吉は、隠居めと、歯ぎしりをしながら、

「吉保、丁重に葬れ」

と下げ渡したが、下々の者に次々と託された百枚もの犬のなめし皮は、やがて秘かに大川に流された。

市井の者の口に戸は立てられないの例えのとおり、

「柳沢様の下され物じゃ」

「お犬様の有難いなめし皮が流れてきたぞ」

と口々に拾い上げ、尻の下の敷物にしていった。

尻に敷かれ　犬もやっと往生し
有難や　柳の沢で犬皮を敷き

江戸の川柳で散々に虚仮にされた、生類憐みの令であったが、中野に設えられた宏大なお犬屋敷の野犬は、やがて十万匹を超え、その餌代が幕府でも手に余り市井の人々に割り当てられ、新設した犬役人の取締で犬を傷つけたとして遠島、死罪人が次々と出現するに

及び、犬を恐れ、避けようとする府内の民は、今更ながら五代将軍綱吉と、側用人柳沢の治政のくだらなさを、骨の髄まで知らされていた。

水戸光圀の怒りをかった、綱吉と吉保の江戸の治政を後に、脇坂六郎太は久し振りに播州赤穂に帰るという、堀部安兵衛と東海道を歩いていた。

「近ごろの江戸の空気を吸っておると腸が腐りそうだ」

安兵衛の赤穂に参るという話に、六郎太は一も二もなく同道を申し出たのである。

隠居弥兵衛の城代家老大石内蔵助にあてた文を懐にした安兵衛は六郎太にいった。

「赤穂は良い処でござる。幸い龍野城主脇坂家は名君が続く隣藩、その隣りにも名城鶴山城に名家森氏がござる。どの藩も豊かな物産と善政に恵まれ、江戸など比べものになり申さぬ」

と仕官した赤穂を自慢した。特に急ぐ旅でもなく、安兵衛にも「旅は道づれと申す」と、御家人を捨てていちから商人修業をするという、お紺は夫婦となった森源三郎と、一足先に帰郷している娘お紺の父、橋屋鹿二郎も一緒であった。

熱田大明神に詣でた一行は、宮の渡しから海上七里の船に乗った。この渡しは急流木曽川の河口を渡るため、風の激しい時は船頭も難儀した。

胴の間は空いており、六郎太たち五人だけで、船賃の一貫四百六十二文は、橋屋鹿二郎が払った。

尾張中納言の城下を避けたのは、矢作大橋を渡る前後に七、八人の浪人風体の一団に、安兵衛が気付いたからで、尾張中納言城下での悶着を避けたのであった。

案の上、その浪人の一団も乗船したが、胴の間には顔を見せず、四十人乗りの船に分散している様であった。

「二、三人は大井川の渡しにおりました」

六郎太の言葉に、安兵衛は「うむ」と頷いていた。

「いかなる訳の尾行か判然とせぬが、八王子同心町の柳沢吉保の配下でござろう」

と堀部安兵衛はいった。

下船した一行は、右手の松平越中守の居城を眺めながら、丸々と太った蛤焼きに舌なめずりをした。安兵衛は、焼き蛤一盛を平らげる間に、一升徳利を飲み干した。

鈴鹿峠を前にして一行は、坂の下の宿、小松屋文吉に投宿した。

早朝、早立ちをした安兵衛を見送った六郎太は、浪人の一団の出方を窺うため橋屋と半刻ばかり遅れ出立した。

鈴鹿峠の建場茶屋にたどりついた六郎太は冠木門の外で、安兵衛たちが四人の浪人に取り囲まれていた。

「いや、まことに無法な方々なのじゃ。姓名と道中手形を出せと申されるのじゃ」

「それは乱暴な。関所でも、道中取締り役人でもなさそうだ。

そうだ、まずお手前方こそ姓名と藩をお名乗りなされい。手前は目の前の、赤穂藩士堀部安兵衛殿に同道いたす、江戸日本橋の掛け合い稼業を生計とする脇坂六郎太と申す。その髭面の豪傑から名乗られい」

長髪、陣羽織に軽衫姿の頭領らしい武士に、ぬっと鉄込杖を突き出した。

「その方が脇坂六郎太か。某は八王子千人同心の小頭、陣場嘉七郎。故あって、そちが同道する元御家人森源三郎を、若年寄稲葉正休殿近習殺害の疑いで追っておる。尋常に引き渡して頂こう」

「ハハハッ、これは異な事を申される。その近習殿は、采女ヶ原で調馬の際、未熟にも落馬をなされ、武士の面目を失なったとして自害されたと聞いておる。その御人の殺害容疑者捕縛に、将軍側用人が直々にお出ましとは、奇怪千万。

立ち帰られ天下の素浪人、脇坂六郎太がその様に申しておると、柳沢御老中に申されい。某は逃げも隠れも致さぬ。これなる赤穂浅野藩、堀部安兵衛どのと播州に参る。いたずらに、此の鉄込杖を振り回したくはござらぬ」

「ぬっ、言わしておけば猪口才な掛け合い屋如きが。素首打ち落してくれる」

と、自慢の大刀を抜き打ってきた。

橋屋と御家人を冠木門の内へ逃がし、後手で庇った六郎太が、

「無法者相手に怪我をしては、つまりませぬ。隙をみて早く峠を下りなされい」

小声で囁くと、橋屋鹿二郎が六郎太の手にする鉄込杖を指さし、

「卒爾ながら、その鉄込杖を私にお貸し願えますまいか」

といった。六郎太はいささか驚き、

「この杖でござるか」

と不審気に問い返すと、橋屋は照れ顔で、

「はい。手前前歴は加賀尾山城主、佐久間盛政様配下の徒大将でござった。いささか、刀槍の扱いは馴染でござる。昔とった杵づか、身を守るは本性でござる」

「それは心強い限りでござる。存分にお使いあれ」

六郎太の投げ渡した鉄込杖を、橋屋鹿二郎は、軽々と頭上で振り回した。

建場茶屋の庭は広く、六郎太たち三人は柳沢の追手、千人同心の忍びの者に囲まれる様に対峙した。

陣場の忍刀を叩き折った六郎太の傍らで、橋屋は六尺杖を唸らせていた。

さすが戦場で鍛えた槍術に、千人同心たちはたじろいだ。

肩や足腰を痛打され、橋屋の棒術から必死に逃げまどっていた。

「アッハッハッ、柳沢の無頼の方々に申し上げる。とてもお手前方の手に合う相手でござらぬ事は、見ての通りだ。六郎太どの、余興はそこまででござる」

と堀部安兵衛は、飲み残した酒をさっと地面にふり撒くと、茶代を残し、

「お騒がせを致した。御免」

と千人同心たちの面前で、大刀を一振りすると、パチンと朱鞘に納め峠道を先に立って下っていった。

「侍大将のお手並みも存分に拝見いたした」

六郎太も返された鉄込杖を、ドシン〳〵と突き、安兵衛の跡を追った。橋屋鹿二郎の前歴も、六郎太の来し方の物語に負けず劣らぬ波乱万丈で面白く、二人の道中話は尽きることがなかった。


羽柴秀吉一万五千人の大軍に急襲された佐久間盛政軍は仰天した。

盛政は、秀吉は岐阜攻めのため大垣にいると信じていた。

「なにっ、羽柴勢がか――」

その時、橋屋鹿二郎こと永原鹿助は鷲津九蔵配下で、十人の兵卒を指揮していた。

二十九歳の佐久間盛政は、叔父柴田勝家が北ノ庄城主になると、加賀山城主となった。

永原鹿助十七歳で、鷲津九蔵に仕えた。

盛政は、尾張が生んだ猛将第一と謳われたが、鷲津九蔵は抜槍の名手であった。

十三里（五十二㎞）の彼方から、余呉湖畔の木之本へ突如、一万に余る羽柴勢が展開す

るとは信じられなかったのだ。

永原鹿助ら兵卒の対抗も虚しく、羽柴軍に押しまくられた。

仰天した盛政は、後詰の前田利家の陣中に急を知らせる軍使を走らせた。

前田利家は過る一向衆との戦いに苦境に立たされたが、隣国の佐久間盛政の援軍に救われた。

第一の使者の帰陣を待てずに第二番目の軍使を走らせたが、その軍使も帰らなかった。

「ええい、何たる遅延。毛屋新内、手兵を伴い利家の尻を叩いて参れ」

と旗下武将を走らせた。だが、二人の軍使を斬殺した前田軍の姿は無かった。

後方の頼みとした前田利家は、佐久間盛政を見捨てて撤退していった。

羽柴秀吉は、柴田勝家の本隊が到達する迄に、余呉湖と琵琶湖の境にある賤ヶ岳を押えようと、大垣から木之本の十三里の大返しをしてのけた。

武運拙く破れた盛政は、落武者狩りに捕えられ、秀吉によって京市中を引廻され、処刑され六条河原に曝された。

永原嘉助たちも、日夜、落武者狩りの影におびえ、近江、山城を転々とした。

心身共に落魄した嘉助を救ったのが、四条通りを一筋下がった佛光寺の門前で、橋の袂で播州の塩、酒、醤油、薪炭を商う橋屋鹿衛門親娘であった。

気丈な娘梅は歳老いた父親を助け、山崎で手広い商いをする安井克二郎から荷を受け橋屋の商いを切盛りしていた。

朝早くから荷車を曳き、お得意先を一軒づつふやす努力が報いられ、店売りで成り立つようになって行った。しばらく橋屋の二人に匿（かくま）われ梅に商いのイロハを教え込まれた嘉助は、やがて武士を捨て商人になろうと決意した。

身の安全だけでなく、歳老いた父親の行末と、何よりも娘梅に惚れこんでしまったのであった。

三年の商いの手始め修業のうち、老爺は亡くなり、嘉助は橋屋の屋号と鹿二郎と名乗り梅を娶（めと）った。

羽柴秀吉が、太閤豊臣（たいこうとよとみ）秀吉となり落武者狩りも、すっかり姿を消した京は、空前の繁栄を迎えていた。京の下り物を扱う江戸店を日本橋石町に出そうと決したのは妻女の梅であった。

が、播州山崎の地で酒造業を営んでいた梅の叔父安井克二郎が倒れ、子息が無かった事もあり、急遽、姪の梅と鹿二郎に帰郷の依頼がきた。

京の橋屋も繁昌しており、心残りはあったが、江戸でのいざこざもあり元々、京への出店も、叔父安井克二郎の後ろ盾があり、高瀬舟三十艘を有する有力商人の名跡を無にできない訳があった。

橋屋鹿二郎は、十三歳になる清之助を安井克二郎の養子とし、橋屋発祥の京都の店も閉め播州山崎に帰る事となった。

鈴鹿峠建場茶屋の悶着後、京に入った六郎太の一行は佛光寺門前の京都橋屋の手代に残務を引継ぐと、福知山、篠山を通り赤穂藩加東八千四百石の郡代吉田忠左衛門を穂積村の郡代官所に訪ねた。

安兵衛にとって、忠左衛門は堀部への婿養子で恩義があり、義父弥兵衛の無二の盟友であった。

「安堵し早死すると思ったが、堀部の爺様益々元気が出た様だ。めでたくもあり、めでたくも無しの丸で正月気分のようだのう」

と、弥兵衛の健康長寿を祝ってくれた。

吉田の娘婿の伊藤十左衛門が、姫路十五万石の藩士であったが、その女婿が送り届けてくれたという、甲冑師明珍の束甲（鎖帷子）を着込み、

「のう安兵衛どの、もう一度若返って此の鎖帷子でひと働きしてみたいものよ。マア十左衛門はこの帷子姿で棺桶に、一日も早くこのわしを入れる算段じゃろう」

と豪快に笑った。

猛女　お梅

揖保川の高瀬舟の発着場の少し上手を西に渡れば、山崎一万石本多藩の城下であった。鹿沢城と称する山崎城は平城であるが、本丸表門の紙屋門、槍を立てたまま通れる表門、内堀、中堀、外堀が造られ、城の崖下には本丸から二の丸に続く桜並木の長い馬場があった。

橋は無く渡し舟であった。

滔々と南に下る揖保川は清流であった。

揖保川を遡ると神戸村、そこから三方町、上野村に分れ因幡の国境となる。

北の小高い山は、室町幕府を足利尊氏と共にうち建て、後醍醐天皇を吉野に敗走させた、赤松円心一族の支配の地であった長水山城跡が見てとれる。赤松氏が秀吉軍によって討ち果された一本松頂上の篠ノ丸城跡が、城下のすぐ後にたおやかな姿を見せていた。

「のう、安兵衛どの。吉田忠左衛門殿の言によれば、我らは三、四十年遅れて生れて来たようでござる」

謹厳実直、古武士然とした安兵衛は、

「さよう、生れ出るのが少々遅れ申した。だが、その時代では清水の如き酒は飲めぬ。濁り酒でござる」

と珍しく軽口を返した。日本酒発祥の地とされる庭田神社をすぐ北に控える山崎城下を安兵衛は言ったのだ。

山崎の町屋並みは陣屋の外濠の山裾を東西に延びる一筋町であった。濠内の武家屋敷に沿って、山田町、本町、西新町と大店が並び、寺町の北の方に蔦沢谷、西新町の北には千草、土万の谷が延びている。三千尺（約千ｍ）の山陵の南に拓けたのどかな町であった。

橋屋は本町の光泉寺に隣接した、表口十二間余（約22ｍ）の城下の大店であった。

角鷹御門と西の中御門の中程にあった。赤松一族の財力の源泉であり続けた鉄山は幾多の変遷を経ながらも、今も山崎藩の財政を支えており、安井克二郎は、その鉄山も経営し、高瀬舟の免許をも持っていた。

山崎城下は酒業では古くから名だたる酒造の大手が名を競い合っていた。叔父の安井克二郎の名跡を継いだ子息の清之助が、橋屋の名跡を継ぎ九十石の免許で酒造業に励んでいた。

鹿二郎の妻女梅が、大女将として全てを取り仕切っていた。

丁度、新米の収穫が終り、新酒の仕込み準備に超忙しい時期であった。

米俵の搬入やら、酒樽の積出しで人馬の大混雑する酒蔵に足を踏み入れた堀部安兵衛と六郎太は、いきなり大声で怒鳴りつけられた。

「危いがな。そこのお二人さん。どいた、どいた。邪魔じゃがな」

女将の梅であった。


夕方、仕事が一段落したころ、安兵衛と六郎太は女将様がお呼びです、と番頭が顔をだした。

鹿二郎と梅、森源三郎と紺が顔を揃えていたが、六郎太と安兵衛は、のっけから猛女に怒鳴りつけられ、おとなしく控えていた。

「先程は、お世話になっております堀部様と脇坂様とは存じ上げず大変失礼を致しました。なにせ、うちの御亭主(ごてい)はんが、ノンドリしてはりますんで。お出(いで)ならお出とネッカラ言うて呉れまへんでしてなあ。ともあれ、うちの方々が、この度も大変お世話になってラレまして、おーきにサンでございます」

さすがに大女将も、大の男を一喝した事に恥かしかったのか、しどろもどろの挨拶であった。

安井克二郎の養子となった清之助も、さぞかし梅の扱(しご)きに耐えての日々であうと、六郎太は己の塩屋時代が懐しかった。

女将梅の接待にしこたま鯨酒した堀部安兵衛は、早朝の酒蔵をのぞいて見た。

夜の明けきらぬ酒蔵は、蔵人たちが忙しく立ち振るまっていた。

「これは、高田の馬場の安兵衛の旦那。寝覚めに一杯どうぞ」

と頭風の男が柄杓の樽酒を差し出した。地方の蔵人も、天下の飲ん兵衛堀部安兵衛を見知っていた様で、高田の馬場の当人に会えたのが嬉しかった様だ。

「これは忝い」

一気に飲み干した背中に、

「頭、お客人に何たる不調法。商い物に手を付けぬが、商人の仁義でございましょう。行儀の悪いことをしなさんな。

お酒は座敷でご存分にお召し上がり下さいませ。町筋には酒を商う処も多くございます故、後ほど店の者にご案内いたさせましょう」

又もや、きびしい女将の一喝に、安兵衛は「済ぬのう」と頭に詫びた。

「いやあ、うちの女将は根はいい人なんですが、世間では誰知らぬ者は居ない一丁噛みなんで、気になさらなくて良いですぜ」

と頭に慰められ、すご〱と寝所に戻って行った。

「いやあ、野武士同然の男を、いっぱしの商人に育て上げただけに、しっかり者とは存じていたが、お梅どのには喝を入れられっぱなしだ。いや、参ってござるよ」

六郎太と連れ立ち、山崎の町屋筋をぶらつく安兵衛は、しきりに橋屋の梅を褒めた。

西端の土橋御門前には、大酒造蔵がいくつも軒を連ねていた。

御門の番所裏が馬場で、数人の武士の調練姿が見えた。

天守こそ無いが、本格的な陣屋形態は、かつて西国に武威を誇った赤松一族の拠点であった事を今も示していた。

堂々たる八幡社の後方に篠の丸城趾があった。

安兵衛は、早々にお梅から聞いている酒処を見つけると、

「しからば御免」

と朱塗りの鞘を抜き六郎太に預けると、そそくさとのれんを潜っていた。

夜ぴぃて飲んでいたものか、酒の仕込みが始まる酒蔵の灯がつく頃、まだ安兵衛は帰っていなかった。


「六郎太さま、体が鈍っておりましょうで、まず追いまくりとやって頂きましょう」

興味を覚えた酒造りに六郎太は蔵人の仕事を買ってでた。

女将の梅は楽しそうに言い付けると、道具回しの三吉に、

「お湯を被せられぬよう気をつけな」

とニッと笑っていった。

仕込桶は、黴や雑菌が禁物である。酒の仕込み前に幾度も丁寧に洗う。

背丈より深い仕込桶に入った道具回しに、熱湯を半切桶ごと上から渡す。その時に半切桶が傾こうものなら、素足の道具回しの足許は熱湯に洗われる。

跳び上がっても、取り付く処が無い大桶の中では、飛びはねてまるで踊り子の仕儀と相成る。

六郎太には、重くもなく、半切桶の熱湯であったが、仕込場の梯子の上から、半切桶の熱湯を上手に大桶の中に降すのは難儀であろうと、六郎太はその苦労を思った。自分の塩屋での下働きが懐しかった。

「お武家さん、上手いもんだ。この分なら桶踊りしなくてよさそうだわ」

ヨイショと、六郎太は両肩の半切桶を降した。幾日か、三吉と組んだ大桶洗いが終ったころ、女将の梅が六郎太に折入ってのお願いがあるといった。

本家筋の安井克二郎の養子になっている清之助は多分に変った少年であった。

橋屋で酒造りに三年励んだが、或る日、

「儂は醤油を造りたい」

と言い出した。

物造りに没入する性格を識る鹿二郎は、それも良かろう。酒も醤油も麹を基にする醸造品であると思ったのであった。

古代の醤から生み出されたのが醤油との説もあり、それとて法灯国師覚心が唐土から伝えた径山寺（金山寺）味噌の溜りが始まりであった。

味噌は、大豆、大麦で作った麹から発酵醸造される。

酒造りの醸造技術は、揖保川下流域の龍野城下で盛んに製造されている醤油づくりに通じる筈である。

清二郎は、龍野脇坂藩が秘匿する天下一品のうすくち醤油造りの製法を学びたいというのであった。

清二郎のひたむきな姿勢を良とするも、商人道と藩益の何かを、主人鹿二郎以上に識る梅には叶わぬ望みと思えた。

「何卒、龍野のお殿様に清二郎の望みを、お取り次ぎ願いたく存じます」

「それは又、いかに掛け合い事が生計と申せ、いささか分不相応なお役目でござるな」

「それは重々承知の上でございます。このご城下に浅井兵左衛門様と申されまする軍目付の御仁に日頃からご愛顧いただいており、龍野藩ご重役の遠戚でございますので、内々に願書を差し上げておりまする」

「成る程。某も脇坂公にはご挨拶に罷るよう会津の佐々ご用人に申し付けられてござるが、橋屋さんのご要望にお応え出来るとは思われませぬ」

六郎太は、橋屋の酒蔵での見分を気ままに許してくれている女将には、申し訳なかったが、梅の申し出を心苦しくも断った。

酒造りは最盛期に入り、杜氏と頭が声を嗄らし、蔵人たちは各々の持ち場で、独楽ねずみの様に働いた。

六郎太は、梅の指示で麹つくりの室に入った。雑菌を持ち込まぬよう、清潔にした体に褌ひとつである。

夏の陽盛りの様な暑い室で、蒸し米に種麹を混ぜ繁殖させるのだが、室内の温度が上がれば換気をし、下がれば炭火の熱風を送りこみ、二昼夜の寝ずの番が続いた。

うまい酒づくりは、麹の出来次第である。

出来上がった麹に蒸し米と水、酵母菌で元づくりが成る。

よい酒には良い水を必要とする。元である酒母に加える麹、蒸し米と水が加えられるもろみ造りに長い日時を要するので、その間の雑菌類から守る管理が大切であった。

しかも、もろみ造りは三回に分け分量をふやすので、温度管理はきびしかった。

いつくかの桶を並べ二、三人一組で長い櫂棒で麹と蒸し米を摺り潰した。

その時、蔵人の呼吸を合せるために、盛んに酒造りの唄が歌われた。

〽ハー　とろり　とろりとィナ　いまつくィナ　酛（もと）はイナ
〽酒につくりてイナ　江戸へだすワィ
　アー　グルリングルリン

やがて、添、仲、留の三回に分けて蒸し米、麹、水を足した仕込みは段々と大きな桶に二倍、三倍と分量を増やす。

留仕込みの大桶には、厚板の足場を設えた上で、数人の蔵人が音頭をとり、お囃しとに分かれ声を張り上げ、休まず櫂棒（かいぼう）で掻（か）き混ぜた。

〽ハァー　沖が暗いのに　白帆が見える
　あれは　紀州サンのみかん船
　　ヤレ　トントコトン　〱
〽ハァー　みかんなら　呼び止めなされ
浜の下雑女（げさいめ）が　出てわめく
　ヤレ　トントコトン　〱
〽ハァー　呼んでも仲々　止めぬ
江戸じゃあ　みかんで歳（とし）が明（あ）く
　ヤレ　トントコトン　〱

この頃では、酒の仕込みは晩秋から厳寒期の良品質の酒がもてはやされ、女っ気の無い蔵内では、百日にも余る鰥夫(やもめ)暮しに、仕込み唄が段々と、卑猥(ひわい)になるのもよく解かった。

脇坂淡路守安照

こうして、六郎太は、山崎町での橋屋鹿二郎の酒蔵ぐらしに別れ、しこたま清酒を堪能した堀部安兵衛と連れ立って揖保川を龍野城下に向かった。

揖保川に姿を映した鶏篭山(けいろうざん)頂の城は、山裾に館が移されていたが、御殿式の脇坂淡路守(わきさかあわじのかみ)安照(やすてる)の龍野城は、風格のあるものであった。脇坂家の藩祖安治は近江国浅井郡より身を起し、安照まで四代百年を生き抜いてきた。

風土記の時代から、東に揖保川、北の鶏篭山、西に的場山、白鷺山に囲まれた自然の要害の地として拓け、大和と出雲の中継地として古代都市を形づくった。

相撲の元祖野見宿禰(のみのすくね)が、龍野で客死し的場山腹に大きな墓地がつくられている。

御城を中心とした町並みは、歳月をかけて整備された跡が随所にみられ、名だたる龍野醤油の中心地であった。

藩祖の賤ヶ岳七本槍の一人であった、脇坂安治(わきさかやすはる)は義に厚い武将で、豊臣秀吉、徳川家康の信任を得るも、天下人に毫(ごう)も阿(おもね)ることの無かった武将(さむらい)であった。

後醍醐天皇の建武の中興と鋭く対立し、やがて、足利高氏と共に室町幕府の樹立をした赤松円心は、屈強の武士団を率い天下に覇を唱えたが、その一族も信長の天下布武の新風の前に、歴史の表舞台から去って行った。

宋の径山寺で学びとった法灯国師覚心の径山寺味噌は、大豆、大麦で作った麹に塩をまぜ、これにウリ、ナスを加え重しを置き発酵させたので、その底や味噌の上にたまったものが醬油の始まり醬と言われている。

赤松則祐が、後醍醐帝の新田義貞五万余の大軍を迎え撃ったとき、守城に居た赤松将兵は、糧食の粗末な食事で城攻めにあえぐ新田軍を、

「味のない飯くうてようやるのう」

と豊かな醬で味付けした自分たちの食事を誇った。多くの大甕で運び込んだ龍野の醬は赤松兵の士気を大いに高めたのであった。

時代の流れの中にあって、赤松家臣の円尾孫右衛門、横山五郎兵衛、片岡治兵衛は龍野の地で各々が醬油の醸造業を始めた。

なかでも、片岡治兵衛は積極的に京へ出向き宮中の許しをえて、菊花の紋と菊屋の号を得たというから、並の商人ではなかった。

龍野脇坂藩のその後の手厚い保護と殖産施策は一万石という余禄を生み、京料理に欠くことの出来ない淡口醬油は、昨今では江戸市中でも大好評を博していた。

城代家老浅井五郎兵衛は、四十年輩の温厚な武士であった。

会津藩用人、佐々伊平の書状を徐(おもむろ)にたたむと、

「痛快なる生計(たつき)でござる。藩祖安治(やすはる)様を彷彿(ほうふつ)させますするな」

脇坂六郎太に眼尻の皺(しわ)の中から鋭い光を放なった。

お成(な)りの声より早く、脇坂淡路守安照(やすてる)が姿を現した。

古武士然とした風体の安照は、意外にも軽妙に言葉を発した。

「その方が、会津侯千石の剣術指南を蹴った掛け合い屋、脇坂六郎太か」

「はっ。淡路守様にお目通り賜り恐悦至極に存じます。脇坂六郎太にございますが、会津保科様よりのお召し抱えは噂話にございまする」

「うむ、面(おもて)を上げよ。ほう、父御頼母(たのも)どのそっくりじゃ。わが先代安政様が分知しようとした別家脇坂二千石を蹴って一介の剣士となった御身(おみ)の父御は、望み通り斬り死をなされた。血は争われぬかのう」

「はぁ――っ」

六郎太は、殿様然とした淡路守の軽妙な語りに少なからず驚いた。

城代家老浅井は、素知らぬ顔で二人のやり取りを聞いていた。と安照は、

「そうか噂であるか。脇坂六郎太たる者、一千石では安過ぎるよのう」

安照が何かを言い出そうとした刹那、六郎太は間髪を入れず、

「淡路守様にお願いがございます。御当家の家宝、貂の槍鞘を是非にも拝見させて頂きとうございます」

安照は、ポンと膝を打ち、

「よくぞ申した。それでこそ脇坂六郎太じゃ。槍を揃え持参いたせ」

近習が持参した二本の槍先には、貂の雄雌の鞘がこれ見よがしに被せてあった。

「六郎太、これが家宝の貂の旗印じゃ。心して眺めるがよい」

淡路守は、その一本の槍をサッと六郎太の鼻前に突き出した。

深淵な光を放つ真槍をじっと見詰めた六郎太は、床に横たわる槍鞘をつくぐ〜と眺め、ポツリと呟いた。

「なに、何と申した」

「真に、ダッチモネェ品でござるなあ」

「実に陳腐なお品と申し上げました」

ううっ――と脇坂安照は唸り、見るみる怒りの青筋が顔面にひろがった。

もう一度、ううっと叫ぶや安照は、突然、手にした槍を頭上に回転させると、掻い繰った槍先をピタリと六郎太の面前につけ、

「無礼者。家宝に対しなんたる雑言。脇坂六郎太、余が直々に成敗してくれる。そこに

直れ」

と大喝した。

「ははっ」

平伏した六郎太は顔を上げると、

「某は素直に感じたままでを申し上げたもの。遠祖脇坂安治様は、そのダッチもない貂の皮を家宝となされた。人それぞれの思いでござろうと存じ上げます」

「黙れ、く、黙れっ。恐れ多くも我が脇坂家が代々家宝としてきた、貂の旗印だ。脇坂の縁につながる其の方に、家宝を虚仮にされ、脇坂の当主が黙っておれると思うかっ」

陪席した堀部安兵衛も、思わぬ成り行きに家老の顔を窺うと、城代家老は平然として、

「殿、この奥座敷を血で汚す事は許されますまい。いざ、道場へお運び下さいませ」

足音高く奥に消えた安照を見送ると、家老の浅井は、さあ、どうぞと六郎太と安兵衛を武道場に案内した。

そこには、鉢巻きに袴の股立を取り、襷がけの上には、家紋入りの陣羽織まで着用し、真槍を右手に仁王立ちの、淡路守安照が待ち構えていた。

安照の前へ静々と進み出た六郎太は、両刀を揃えて前におき、平伏した。

「恐れながら申し上げます。某、不束ながら父頼母創始霞流を学んだ身にございます。

鯉口を切れば必ず相手を斬るが霞流の約束事。されど、殿を斬るは憚り多し。かと申して、易々と討たるるは霞流の恥辱なれば、この六尺の鉄込杖にてお相手仕ります る」

と口上を述べるや、両刀を安兵衛に預けると、スル〳〵と後ずさりをし、手にした鉄込杖を安照にピタリと狙いを付けた。

「うむ。脇坂直伝の槍術にて、その方を串刺しにしてくれよう」

さすが荒くれ武将の血を引く脇坂安照である。隆々たる槍さばきは、型だけの殿様剣法ではない。戦場での生死を賭けた覇気が見て取れた。

じり〳〵と追い詰められる六郎太であったが、堀部安兵衛の眼には、勝敗は見えていた。うっそりと突っ立つ六郎太の胸板を、えいっ、と繰り出した安照の穂先が貫いたと見えた。

青光りする真槍を軽く受け流した六郎太へ、安照の二の槍が鋭く襲った。

転瞬、ひらりと七、八尺（約2ｍ）も跳んだ六郎太の爪先が安照の肩を蹴った。

振り返り突き出した淡路守の穂首を六郎太の鉄込杖が下方から撥ね上げ、回転させた鉄込杖で上から打っていた。

「おのれ無礼者。余の頭を足蹴に致しおって」

と槍を叩き落とされ汗だらけになった安照は、大の字に仰向けに手足を投げだしていた。

「ご無礼仕まつりました」

六郎太は後に下がり平伏した。

「いや、戦国の世ならば、余の兜首は六郎太奴に討たれておるわ」

安照は己の首元を叩き、呵々大笑していた。

やおら安照に近づいた浅井五郎兵衛は、家宝の槍を近習に手渡すと、

「殿、久し振りに良い汗をかかれましたな。驚かれましたか、六郎太どの」

と六郎太をふり返った。

安照は、安心して槍の振える相手を見付けると気分良く真槍を、振り回すのだそうな。

「武将たる者、時には合戦の気分を味合うのが努めだわ」

と城代家老に漏すのが常だといった。

汗を流し、小ざっぱりとした淡路守安照は、

「六郎太、許せ。そちの武骨ぶりは、久方ぶりに遠い日の藩祖を思い出させてくれたわ」

「いや、まさに士風の廃れがちな昨今の世相にござりますれば、殿のごとき武将にお目通りが叶い、脇坂六郎太、更に一層生計に精進いたそうと存じまする」

「浅井、見よ。六郎太奴が余にお追従を申しておるわ。そちの魂胆はあの山崎藩の橋屋の醤油づくりの掛け合いであろうが」

「浮世の義理を果したく、曲げてご承認賜りまする様お願い申し上げます」

「六郎太の掛け合いじゃが、そうも行かぬ。

許して遣わしたいが、龍野の醤油は長い歳月先人が積み重ね、一日にしてはならぬ秘伝の品じゃ。秘中の秘も多いゆえ、余の命に醸造の者たちも苦渋いたすであろう」

「殿としてのお苦しみを重々知り乍らのお願い事痛み入りまする」

「どうじゃ、この約束が守れるか。ひとつは、以後十年間は猛女梅の子息を勘当いたせ。次に本物の龍野醤油と折紙の付かぬ限り、販売は許さぬ」

「その覚悟を確と天地神明に誓わせまする」

「そう致せ。修業が成れば京大坂なと江戸なと、存分に腕をふるえと申せ」

「有難き幸せに存じます。これで心おきなく赤穂に下れまする」

「おう、まだ遊ぶのか。羨ましい事だなあ。

五万石とはいえ、領国に居る時は、実に雑多な仕事を次から次へとやらされるのじゃ」

安照は忙しさを楽しんでいる様であった。

浅野殿は江戸だが、城代の大石内蔵助殿は傑物じゃ。よしなに伝えてくれと淡路守は六郎太と安兵衛を機嫌よく見送ってくれた。

家老が極上品だとくれた、大石内蔵助へのみやげの醤油の一升徳利を眺め、

「これだけは、いっきには飲めぬなあ」

醤油徳利に、恨めしそうに呟く安兵衛だが、徐々に近づく赤穂の地に思いは募っている様であった。

後世の事となるが、二十四歳で町奉行、勘定奉行の上位である寺社奉行に抜擢された脇坂安董は、腐敗した宗門をきびしく摘発して名を上げた。一旦、身を引くが再び寺社奉行、老中に登用されると、江戸の人々は大喜びをし「又出たと坊主びっくり貂の皮」との落首が出回った。

文武両道の精励を旨とする脇坂藩は、早くから敬楽館と称する文武稽古場が設けられたが、藩祖以来の武士の心が活づく龍野であった。

六郎太は、ひそかに自らに流れる血を誇りに思った。

柳沢吉保の出自

赤穂浅野藩は、のびやかで豊かだと感じた。

城代家老大石の、うっそりとした人柄が、そう六郎太に思わせたのかもしれない。

名産赤穂の塩は、江戸のいたるところで、その白さと味で好評を博し、百二十四町歩（約百二十四万㎡）に余る塩田と、清流千種川からの灌漑（かんがい）事業による新墾田（こんでん）による余禄は五千九百八十石といわれ有数の豊かな藩と言われていた。

民の飲み水は城下形成の基であった。江戸の玉川、備後福山の天下三大水道といわれる中で、各戸に沈殿（ちんでん）、濾過（ろか）をした配水をするという優れた施策に、改めて堀部安兵衛すらもが赤穂浅野藩を誇らしく思ったのであった。

大石家老邸は、広大とは言い難いがよく手入の行き届いた小川と滝、池が巧みに配され、いかにも人柄を思わせる作庭であった。

開け放たれた座敷の間で、内蔵助と六郎太は、特に話題がある訳でもないのに、もう一刻も過ごしていた。

脇坂六郎太が、君父の仇を討つべく裏柳生との死闘に話が及び、いま又、将軍側用人柳沢吉保の影が付きまとっていると口にした時、大石が、やおら重い口を開き、

「柳沢老中は、実に奇妙な運をお持ちでござるのう」

と呟いた。

遠い江戸幕閣の権力者について、さも知己の人の様な口ぶりに六郎太は、おやっと興味を覚えたのである。

「御家老は、柳沢吉保様とご懇意でございましたか」

「いや、全く存じ上げぬが、諸藩の好ましからざる風評は、ひょっとして出自の暗さに起因するのでは、と感じているのでな」

と遠い昔を思い起す目付きで、

「いや〱、苛められた児が、成人して苛めを好む人物になるなどと思うは、それがしの至らぬ品性。いや、実に恥しい限りじゃ」

忘れてくれといったが、六郎太には、今なお迫る得体の知れぬ吉保の執拗さに合点がいかないだけに、大石内蔵助の何気ないひと言を聞き流せなかった。

「人には各々の品性がござる。相性もあるではないか。わが殿の素要はとても老中柳沢殿とは相容れぬ故、つかず離れぬ間合いが肝要と常々申し上げているのじゃ」

内蔵助は口にした。

堀部安兵衛が、四十年も昔の赤穂藩の事など知る由もない。

「弥兵衛の親父にでも聞くしかないぞ」

と素気ないし、さりとて赤穂に知己が居るわけでもない六郎太は、赤穂藩由縁(ゆかり)の遠林寺をぶらりと訪れた。

住職の祐海和尚は、六郎太の身上をひと通り聞くと、

「内蔵助どののがのう。その様な事を――」

と、しばらく眼をつむっていたが、先住職の義山和尚の想い出話の一端を明かしてくれた。

「もう四十年も昔、この地に幕府の隠密が忍び込んでいると騒ぎになった。無論、その正体も分からないままに立ち消えになったが、加里屋町の平左衛門なる町年寄宅に竹という別嬪(べっぴん)さんに惚れたと申す江戸の浪人が住みついていたそうな。ところが、その男は入婿に成るかと思われていたが別嬪に子供を孕(はら)ませ、隠密さわぎが大きくなった頃急に姿を消した」

「それは、いつ頃のことでしょうか」

「そうさのう。あれは江戸の城まで焼けた、明暦大火の頃じゃった。その男が隠密だったのだろうと噂になり、年寄も身の置き処が無くなり、孫が独り遊びできるようになった

頃、男児と娘の竹をつれ、赤穂から姿を消したそうな。何年か後に、その町年寄と娘御は旅先で賊に斬殺され、男児が奪われたとの噂が立った。どこぞに売りとばされたという哀れな噂話じゃった」

「してその男児の名は――」

「さあて、よくは覚えておらんが、餓鬼仲間は、父々無しのヤタ、ヤタローと呼んでいた様だが、滅法、頭が良い児じゃったそうな」

「ヤタローですか」

「いや、ヤタローか、ヤタハチか。父々無しのヤタが通称で、それ以上は知る者は居るまいでのう」

と和尚は遠い日の想い出を語ってくれた。


藩からの取次便を受け、堀部安兵衛は急に江戸に立つという。

六郎太は、大石家老との日々は楽しく、意義多いものであった。

とりわけ隣藩の津山森藩が、幕府の直命によって、手狭になった大久保、四谷の犬の収容所を武蔵中野村に十万匹の野犬収容所の建設を急拠命じられた。敷地十一万坪(三十六万㎡余)小屋八百棟、建坪延十二万坪(約四十万㎡)という途方もないものであった。さしも豊かな財政が天から降って湧いた幕命によって逼迫の危機にあった。

由縁深い大石内蔵助も、大いに心を傷めている事もあり、幕府の愚策、野犬収容所建設ごときに名城鶴山城を有する十八万石の津山森藩が存亡の危機にある。現実に、六郎太は改めて幕政への怒りに燃えた。

江戸を遠く離れ、山崎、龍野、赤穂での日々で六郎太は元の脇坂六郎太に生まれ変った気分であっただけに、実に下らぬ江戸幕政の世界に、舞い戻るのが、うっとうしく思えた。

だが、五代綱吉の徳川幕府を意のままに操る張本人、柳沢吉保の影の一端を把んだかもしれないと思うと江戸に帰らねばならぬと矢も楯もなくなった。

赤穂藩の大石内蔵助の謎のひと言に、六郎太の胸は妖しく揺さぶられていた。

吉保の生い立ちと、影の柳生の底知れぬ野望が、保科能登守正芳と父脇坂頼母の謀殺につながっているのではとの推察が、六郎太を激しく突き動かしていた。

佐々伊平は、じっと考え込んだ。

柳生一族の執拗な攻撃の元凶を絶った、と考えていたが、眼に見えぬ怪しい影が、陰柳生の埋め込んだ隠し草の一本であった赤穂の父々無児ヤタローなら、不思議に符合する。

大目付柳生但馬守が、柳生十兵衛や義丹たちに、さかんに各地の大名家の内実を探らせた時期も一致する。

問題は、その父々無児を柳生一族が、どこで、どう仕立てたかである。

伊平も、柳沢吉保の出自を知る事が欠かせぬ大事となったと思った。

江戸留居役を隠居した鉄砲州の藩邸に、堀部弥兵衛を訪ねた。

「よう〳〵。安兵衛の悪友がよう御座った。赤穂の話を聞かせてくれ」

と六郎太を歓待した。

「うむ、その様な噂で国許が騒いだことがあり申した。柳生十兵衛を江戸で見知る藩士が、町年寄の入婿と柳生十兵衛は似ていたと言ったそうだが、家老の大石殿は、入婿の隠密説には捨ておけ、尻の下まで調べても、わしの大糞しか見つからぬわと笑っておられたがのう」

と昔を懐かしんだ。

「その者が、城下の娘との間に子を残したとの噂がござったが」

喰い下がる六郎太に怪訝な目を向けた堀部弥兵衛は、ややあって、

「ああ、あった。ヤタローという男児を残し姿を消した。柳生十兵衛の仕業なら、赤穂の地に埋め草をと企んだのかも知れぬが、思いの外露見が早かったので、尻に帆をかけたのであろうと面白お可笑しく噂をしたもんじゃ」

繋がった――。柳生と吉保は繋った。

六郎太の胸中が激しく波打った。

慎重にやる方が良い。逸る六郎太に、佐々伊平は紅潮した顔で言った。

「細井広沢どのの意見を聞こう」

「それは、ちと無謀でござろう」

「いや、広沢どのは柳沢の儒者ではあったが、筋道を重んじられるお人柄だ。信じよう」

と伊平はいった。

細井広沢は、二人の話をじっと聞いていたが、

「ならば適任は、水戸のご老公しか思い浮かばぬ。

いま生涯の大事業として『大日本史』編纂に熱中しておられる。付随する史料は豊富であろう。柳沢吉保殿の出自が判明するかもしれないと思うが」

と示唆してくれた。

早速訪れた前で、水戸老公は、

「うむ。吉保の出自か。傍証はあるが真偽を糺すのは難しかろう」

と、編纂を手伝う藩士二人を呼んだ。

佐々介三郎と安積覚兵衛といった。

「どうだ介さん、覚さんよ。柳沢吉保の例の話を、この二人に話してやってくれるか」

と不信を抱く柳沢吉保であったが、光圀は私事を暴く事を潔よしとしない風であった。

二人も気のすすまぬようであったが、介三郎が口を開いた。

五代将軍綱吉記を書くに際し、幼少より小姓となった柳沢吉保が、館林藩に取り立てられた時の後見人に、大目付柳生但馬守の書付けがあったという。

亡父　陰山右衛門　赤穂藩作事方

亡母　竹　　　　同加里屋町年寄平左衛門女

　長男　弥太郎

右之者身元引受致候

　将軍家兵法指南

　　大目付　柳生但馬守宗矩

安積覚兵衛は、

「柳生の訳ありの遺児らしゅうござるが、館林藩主に直接かかわる事ではござらぬ故、ご老公には柳沢老中の出自については、口頭にてご報告をいたした次第でござる」

光圀は、

「但馬守も、あれこれと、悪さをいたしおるのう」

と独り言を呟いた。

「有難きご教示に与り、脇坂六郎太心底よりお礼申し上げます」

と六郎太は震える全身で平伏していた。

「他言無用。私情で公を犯してはならぬ」

と言いおいて水戸老公は奥に去った。

小躍りせんばかりの六郎太であったが、佐々伊平は腕ぐみを解かず、

「又もや修羅場じのう。しても、悪の根蔓はどこまでもしぶといものじゃ」

といった。

が、六郎太は、どの様な手段を構じても亡君と父の謀殺を図った柳生の根と、柳沢吉保という蔓を叩き潰さねばと心が逸っていた。


これは私事ではない。

天下の公人たる将軍側用人、老中上座たる者が、謀略の主役柳生と組んでの曲事である。

数々の諸大名の取り潰し、己が邪魔となる要人の謀殺など、常人の考え及ばぬ悪業を繰り返した元凶の根蔓を、被害の当事者が糺さんとするものだ。

そう思い定めた脇坂六郎太は、赤穂加里屋の町年寄平左衛門と娘竹の痕跡を求め、柳生の庄に向かっていた。

赤穂藩内の噂話の通り盗賊の手で殺されたりしたのではない。

柳生の手によって、いずれどこかの埋草にせんとした遺児弥太郎の係累の抹殺が密かに成されたと推察した。

館林藩に残された一片の書のみで、柳沢吉保を、赤穂加里屋から姿を消したヤタローと

決め付けられない。

　何としても、ヤタローの祖父と母の痕跡を見つけなくてはならなかった。

　大和国柳生庄に足を踏み入れた時から、六郎太は姿を見せない影の気配に気づいていた。

塗笠(ぬりがさ)に無精髭(ぶしょうひげ)を生やし、腰には小刀のみで、六尺の鉄込杖をついた六郎太は、何喰わぬ姿で、壮厳なたたずまいの芳徳寺の石段を登った。

　人影もまばらな柳生の里は、人目を憚るかの様にひっそりとした自然のたたずまいを見せていた。

　権勢を誇ったであろう面影は今も柳生屋敷としてそこにあった。

　藩祖石舟斉(せきしゅうさい)の墓所に香華(こうげ)を手向(たむ)けると、六郎太はすた〳〵と庫裏(くり)に足をむけた。

　冷やかな眼の老いた納所坊主(なっしょぼうず)に言った。

「この地で果てた遠縁の者の墓所を訪ねている者だが、若しや播磨を在所とした、さる藩の町年寄平左衛門とその娘竹の所在をご存知あるまいか」

　と坊主の手にそっと小判一枚を握らせた。

　五十年輩の梲(うだつ)の上らぬ坊主は、前後に眼を配ると、小判を素早く懐に納めると表の境内の様子を、それとなく窺い六郎太を手招きした。

　筆を手に、さら〳〵と無縁墓地の一角に一尺（約30㎝）ばかりの自然石の墓石を描いた。

やや大きい方に「平左」もう一つに「竹」と書いた。

まさか探し求めた墓石に、かくも容易に行き当ると思わなかった六郎太が、

「これが赤穂加里屋の町年寄の親娘か――」

と驚くと、件(くだん)の坊主は描いた紙片を、六郎太に押し付けると、無言で手を振り早く立ち去れという素振りを見せた。

六郎太を密かに追っていた影の気配の無い事を確かめ、香華を求め、描かれた無縁墓地に向かった。

「これが、ヤタロー祖父と母の墓所か」

雑草に覆(おお)われた小さな墓石に訳もなく、六郎太は心を揺さぶられた。

将軍を操り、ほしいままに権勢を謳歌(おうか)している柳沢吉保が、この墓前に立ってどう思うであろうか。

いや、この前に立ち決して墓前に香華を手向(たむ)ける様な人間ではあるまい。

六郎太は、吉保の冷薄な人間性をこの埋もれた二つの墓石の中に見抜いていた。

一日も早く、吉保を冥府(めいふ)に送り込んでやる以外、彼我(ひが)の救いは無いと決意していた。

徳川光圀、保科正之、細井広沢、堀部安兵衛、そして佐々伊平に、

「最後の、最大の仇敵、柳沢美濃守吉保を討ち果し、亡君保科正芳様と亡き父脇坂頼母

の無念を晴らす一念に、脇坂六郎太は全てを賭申す所存にござる」

と書き送った六郎太は、備前屋唐五郎に改めて父の遺刀の研ぎを依頼した。

「折角、成り立ってきた生計を、どうなさろうと考えておりやす。柳沢様とて化物じゃございやせん。必ず衰えて、あの世に参りやす。今迄してきた辛抱だ。これからは出来ねえじゃ掛け合い屋、六郎太の名前が泣きやすぜ」

車善七だけは必死に、六郎太の魂胆に異をとなえた。

しまいには、

「奥方様や、二人の御子の事も考えなくっちゃ。一人前の江戸のお武家じゃござんせんよ」

と六郎太最大の弱点まで突いての反対であった。


大老酒井雅楽頭を、佐々伊平と六郎太の手で密かに葬った、会津藩主保科正之は、将軍綱吉を家綱の世子と決したころより、体調が急速に衰えた。

会津藩邸に脇坂六郎太を招いた正之が、厳かな口調でいった。

「六郎太、次の将軍家綱様もいたく、そなたが妻女を迎えぬことに心を痛めておられる。佐々伊平同様に、天下の秘め事にその方らを酷使したせいである。その事を大変気にされておるのじゃ。

よって本日は、君命と思って受け止めてもらいたい。伊平、六郎太の嫁御をお通しせよ」

思いもよらぬ事態に、六郎太は言葉もなかった。

思い起せば、佐々伊平が塩屋の旦那の仰せだと、妻女に千春を奨めた大番頭に、

「忝い。遠慮なく頂戴仕る」

と大汗をかいた事を思い出していた。

やがて面を伏せた女人が、静かに六郎太の下手に座った気配がした。

伊平が、ご両者ご対面なされい、と言った。

顔を上げた六郎太が、あっと声をもらした。

伊平の妻女千春と共に、保科正之の身近に仕える久栄であった。

「大賀屋の長女、久栄にございます」

にこっと微笑み頭を下げている、久栄を指さし、

「こ、これは――。如何なる仕儀にござる」

「ははは。気に入らねば断って良い」

正之も伊平も、六郎太の狼狽ぶりに腹を抱えんばかりの笑みを浮かべていた。

久栄の妹は既に縁づき、二児をもうけているにもかかわらず、姉は数ある縁談を頑なに拒みつづけ、父大賀屋九郎兵衛といえども、すっかり根を上げていたという。

相談を持ちかけられた佐々伊平が、その事を千春に話すと、笑いを堪えて千春はいった。

「鈍な殿御に囲まれては、天下の大賀屋のご息女も縁遠くもなりましょう」

千春によると、久栄は脇坂六郎太を一眼みた時以来、将来の夫は六郎太と密かに決していたという。

が、当人の六郎太をはじめ、並みいる者たちは愚かにも誰一人、気付かぬまま歳月のみ過ぎていた。

と言うことで、六郎太は降って湧いた様な良縁に恵まれた。

保科正之の密命で働くこともある六郎太の妻子を、邪悪な者たちの刃に晒してはならないとの佐々伊平の進言で、六郎太夫婦は大名屋敷も及ばぬ豪壮な大賀屋の江戸店に住まった。

大賀屋店の裏手の濠は、大川に繋り立地としても申し分なかった。

そして今は、一男一女の久栄は、身重であった。

車善七は、「こうした平穏な家族と暮しを、大老殺しなどの大それた事で無にするのか。あなたがなさずとも、天道様がやってくれますさぁ」と頑強に反対を唱えた。

「そこが、武士と町人の違いなんだ」

と喉まで出かけた声を六郎太は飲み込んでいた。

赤穂浅野藩断絶

驚天動地——。

これほどの驚きが又とあろうか。

柳沢吉保をどの様に討つか。

仇討ちとして、吉保を完膚無きまでに打ちのめさなければ事は成就したことにならない。

日夜、思案を続ける脇坂六郎太は、嘆きと驚愕に打ちのめされた。

あの赤穂浅野藩五万三千石が、一日にして取り潰された。

江戸屋敷を含めた総人数、五百二十八人に及ぶ者が、一夜にして禄を失った。

元禄十四（一七〇一）年三月十四日、巳の上刻（午前十時頃）、勅使、院使の饗応役赤穂藩主五万三千石、浅野内匠頭長矩が高家四千石、吉良上野介義央に突然、殿中で刃傷に及んだ。

内匠頭は、奥州一関三万石田村右京太夫邸において即日切腹。

ふって湧いた凶事に狼狽した浅野一門は、吉良上野介の容態も判明せぬままに、早水藤左衛門(ざえもん)と萱野三平(かやのさんぺい)を赤穂城へ急使にたてた。

十四日申(さる)の下刻（午後五時頃）、江戸を出た両人は、十九日卯(う)の刻(こく)（午前六時頃）、百五十五里（約六二〇km）はなれた赤穂の地、家老大石内蔵助邸に駆け込んだ。昼夜兼行で一時間に一里半（約六km）を駕篭を乗り継いで急行したことになる。

十五日に幕府は、電光石火の手段に出た。

赤穂城の受城使を隣接する龍野城主脇坂淡路守安照、備中足守城主木下肥後守公定を任命し、有無を言わせず、脇坂三千五百人、木下千五百人の受城兵を差し向ける決定をした。

一方で、吉良上野介には、浅野の狼藉(ろうぜき)にもかかわらず刃を抜き合わさなかった事は、誠に神妙である。お構(かま)いなしとし受傷を養生せよと幕府医師を派遣したのである。

待ってましたとも言える老中柳沢吉保の手際であった。かねて綱吉は母桂昌院の官位従一位を朝廷に強く求めており、その接渉を吉良上野介にあたらせていた。その大事な勅使、院使の接待の日に殿中刃傷に及んだ浅野内匠頭への憎しみは強烈であった。将軍綱吉の狼狽と怒りを、巧みに利用した吉保の辣腕(らつわん)ぶりであった。

幕府の処置は、鎌倉幕府以来、武家社会を律してきた喧嘩両成敗の原則に反する片手落ちな処断と幕府への風当りは諸藩に渦まくだけでなく、府内の人々に与えた衝撃も大きかった。かねてより巷間には浅野に対する高家吉良上野介の製塩をめぐる競い事や勅使饗応をめぐるいざこざが伝わっており、判官贔屓の庶民たちはこぞって幕府への批判を口にした。

怒りに腸の煮えくり返る六郎太であったが、

「及ばずながらも、吉良邸を襲撃し、吉良の首級を打ち落し、主君に墓前に供えてみせる」

と江戸藩邸の同志を募り、今日にも吉良邸襲撃を決行しようとする堀部安兵衛の拙速な行動の方が心配であった。

沈着冷静な人柄である安兵衛が、かくまで激高する衝撃が理解できたが、吉良上野介を討ち取り、主君の仇を晴らすだけでなく、幕府の処断、中でも柳沢吉保に対する武家らしい道を明らかにする必要がある。

「何はさておき、国家老の大石様に会われよ。襲撃計画に失敗は許されませぬぞ」

と細井広沢も、いきり立つ安兵衛を説得したが、安兵衛は、

「勝ち負けではござらぬ。この片手落ちの幕府の為され様に尻尾を巻いては、武士の一分が立ち申さぬ。鎌倉以来の武家法度の第一は、喧嘩両成敗にござる。吉良の成敗が幕府に出来ぬなら、我々がやるしか道はござるまい」

と聴く耳を持たぬ安兵衛であった。

「城を枕の討ち死もよし、幕府相手の籠城も又、良し。藩士うち揃っての殉死も武士の一分でござろう。されど某は、吉良邸に討入り、片手落ちの幕府の目の前で、堂々と吉良

上野介の首を取るが最上と考えます」

「ならば、赤穂へ急がれませい。及ばぬまでも、この六郎太も、確と浅野藩士のお覚悟を拝見仕りたい。赤穂の地で大石さまの覚悟のほどを知りとうござる」

江戸の渦中では何も見えない。赤穂への道中で、このざわつく己が精神を見極めたいと六郎太は思っていた。

安兵衛に、トッキッキの助四郎も槍を肩に加わっていた。

「篭城して一合戦だ」

と鎧櫃を担いでゆくというのは、さすがに安兵衛が止めた。

六郎太は、松の廊下の刃傷事件に、吉良上野介を庇い、浅野内匠頭の即日切腹、赤穂藩の取り潰しという、異常に素速い幕府の処断に、将軍綱吉と柳沢吉保の魂胆が、あり〳〵と見えた。

綱吉の生母桂昌院が京の八百屋仁右衛門の娘でありながら、従一位の叙位を女性の身で望むなど、

「天地始まって以来の横車でおじゃる」

と取り付く島もない朝廷の公家対策に、ひたすら汗した高家筆頭の吉良を殿中で刃傷に及ぶなど、勅使を目の前にしながら、

「饗応使も弁えざる愚か者めが」

綱吉の激怒に呼応した吉保は、かねて取り潰しの余禄がタンマリ見込めると、裕福な外様大名赤穂藩に眼をつけていただけに、

「浅野内匠頭め、まんまと己で転けてくれよったわ」とニンマリとした。

お犬屋敷延八百棟、建坪十二万坪（約四十万㎡）、総費用三万両に押し潰された美作津山藩主森美作守長成は、公序良俗、産業振興に勉め名君と呼ばれていたが、柳沢吉保の外様潰しの格好の標的にされ、犬公方綱吉の名のもとに、押しつけられた過大な犬屋敷の建設の急な金策がままならず、若くして急死。津山森藩十八万石は断絶の憂目にあったばかりである。

それが又もや、裕福な赤穂浅野藩が断絶させられたのであった。

「おのれ、疫病神柳沢吉保め」

この脇坂六郎太が如何なる手段を以ってしても断罪に処してくれる。天の手など待っておれぬわ。

その為にも、赤穂浅野藩の一件を等閑にはできぬ、と奥歯を噛みしめ赤穂の地に入った。

吉良上野介の生存が判明した赤穂城中は、籠城し幕府に一矢報るとする者、一挙に吉良邸に討入り決着をつけるとする者、全員、武家法度に抗議の殉死説、城を幕命に従い開場派と、藩論が四分五裂して混乱の最中であった。

成否を二の次として、吉良邸にただちに討入り、主君浅野内匠頭の無念を晴らす一事に専心すべしとする急先鋒が、堀部安兵衛であった。

そうした混乱する各人の議論に、黙って耳を傾けるのみで、いくら催促をされても、表情を変るともなくただ無言で押し通す大石内蔵助に、六郎太は武士を超え、人間の情感すら超えた忍耐強さに感銘を受けた。

江戸で細井広沢に、

「赤穂の昼行灯どのに、直にお会いなされ」

と言われた意図を、つく〴〵実感していた。

幕府の思惑も、幕閣の策略も、そして藩士各々の思いすらも胸中に納め、ひたすら浅野赤穂藩の行くべき途を一途に思索している、この人に揺らぐ処は無いと確信した。

浅野歴代の藩士と共に、親子、兄弟の如く、ひたすら藩の隆盛に注力した大石内蔵助は、師山鹿素行の教えを反芻しているに相違ない。

赤穂藩の面目が立ち行かぬと見定めた後は、彼は只一人でも吉良上野介を討つ手立てを全うするにちがいない。

大石内蔵助良雄は、幼くして京都に遊学し伊藤仁斎に学び、剣を奥村無我に師事し免許皆伝を得ている。

山鹿素行が幕府に忌避され赤穂にいた九年間に、親しくその教えを受けた。

単に田舎大名のお飾り国家老ではない。

細井広沢は、遠く江戸の地に居て、只者（ただもの）でない大石を理解していたのか。六郎太は改めて細井広沢の大きさも知った。

安兵衛とトッキッキ助四郎を赤穂に残し、六郎太は江戸に帰った。

道中で思いついた柳沢吉保への、君父の仇討ちについて、浅草の車善七（くるまぜんひち）の助勢を求めたいと思ったのであった。

「そいつぁ、面白（おもし）れえや。第一、江戸っ子も大喜びだろうし、一番喜ぶのは、犬の野郎だぜ。手下には、この男善七が云いつけるので、段取りがつくまでは、六郎太さまも堀部様にも話しちゃいけやせんぜ」

善七は、六郎太の思案に賛成してくれたが、赤穂藩の大石様の企ての邪魔になっては、元も子もない。

「どっちにしろ、大石様や安兵衛の段取りに命を張って応援をやるぜ。上杉と吉良が束（たば）になって来ようと、来るなら来いだ。柳沢の天下の大掃除の手始めでえ」

六郎太は寝る間も惜しんで、赤穂の浪士の為になる事なら何でもと跳び回った。

めまぐるしく、江戸、赤穂を上り下りする赤穂浪士の辛苦も並大抵で無い上に、

「早く吉良上野をやっつけてしまいな」

と江戸の人々は矢の催促であった。

だが、大石は動く気配を露ほども見せず、堀部弥兵衛など、儂の命が尽きるではないかと、老齢の身で地団駄を踏んだが昼行灯の火は一向に揺らぎもしなかった。

その大石内蔵助が密かに江戸に下り、日本橋石町三丁目の小山屋弥兵衛の裏店に大石主税が変名で住むもとに、伯父を名乗って同居し、吉田忠左衛門と安兵衛に綿密な指示を下したのは、元禄十五（一七〇二）年十一月初めであった。

「六郎太どの、息災で何よりでござる。しても、江戸は寒うて堪らぬ。本所あたりの熱燗が恋しゅうござるな」

「左様でございます。呉服橋から本所に屋敷を移された吉良様は、さぞ寒気が凍みておりましょう」

六郎太は、大石とのやり取りの中に、

「いよ〳〵近いな」

と吉良邸討入りが迫ったと感じた。

脇坂淡路守安照が、三千五百人を率いて赤穂城を受城した日、貂の旗印に低頭した大石内蔵助が唯ひとこと、

「恙なくお家ご隆盛の事お慶び申し上げます。浅野赤穂藩、口惜しゅうござる」

「心中お察し申し上げる」

言葉少なに淡路守は大石の肩に手を置いた。

と大石の一滴の涙が忘れられぬと淡路守は漏した。このお人は既に死を決している。武士として、人間としてその生命の捨て様を思索していると強く感じ取った。それ無くして城中に一片の塵(ちり)すら残さず、きれいに拭き清められた城内に整然と揃えられた武具の輝きの中に、静かな闘志を脇坂淡路守は見取っていた。吉良上野介への復讐を超えた怒りを、ひし〳〵と感じた。

忠臣蔵の討入り

大石が一番気にかけていたのは、吉良の動静であった。

吉良側でも、呉服橋から本所松坂町の前住の旗本松平登之助邸へ防御の難しい地に移された事で、吉良の実子が上杉十五万石藩主になっている事もあり、赤穂浪士の吉良邸討入りは、大藩の面目をかけ守らねばならず警戒が厳しくなっていた。

吉良上野介の在邸が無い限り、長年の辛苦が報いられ、本懐(ほんかい)を遂げる事はない。

浪士が、あの手、この手と吉良の動静を探ったが決め手に欠けた。

やがて朗報が、羽倉斎(はくらいつき)(荷田春満(かだのあずままろ))を通じて、大石家の長老大石無人(むじん)からもたらされた。

十二月十四日夜の吉良邸での茶会である。

大石内蔵助は決断した。

「各々方(おのおのがた)、辛苦の報われる日の到来でござる。十四日夜、吉良上野介殿の御首(みしるし)を頂戴に参る」

内蔵助の口ぶりは淡々としていたが、さすがに面相は紅潮していた。

内蔵助の長い雌伏の中にあっても、一番苦しかったのは、時の経過と共に、次々と生活苦に追われ討入りの同盟を脱藩していく同志。仇討ちを忘れた忘恩の徒と、酒色に溺れる内蔵助についての江戸庶民の非難であった。だが五百名に余った藩士が五十名を割り込んだ現状にあっても、主君の仇を討ち、武家諸法度の武士の正義を求める大石の心底に揺らぎは無かった。

吉良邸討入り決行が決まるや、脇坂六郎太は、飛び上がらんばかりに欣喜雀躍（きんきじゃくやく）した。

柳沢吉保への報復の第一段を、師走十五日の在府大名総登城の日に定め、了め車善七と準備に取りかかっていた。

「百名にもなる手下（てか）のこと。中にゃ、口の軽い野郎も居やすんで、噂にでもなりゃあ大変（ていへん）だ。心配（しんぺい）しやしたぜ」

さすがに善七も興奮していた。

赤穂浪士の面々も、さぞ武者振いをしているだろうと、安兵衛親子や、大石内蔵助に同盟を許されたトッキッキ助四郎、不破数右衛門（ふわかずえもん）らの顔を思い浮かべながら、六郎太は先行し三々五々身を密（ひそ）めている、善七の手下（てか）のもとに急いだ。

将軍綱吉は男児に恵まれず、生母桂昌院に取り入った、知足院隆光（りゅうこう）の言を入れ犬をことの外大事にし、生類憐みの令をつくり、お犬奉行を新しく設け、四谷、大久保、中野に十万匹余の野犬を収容し、市中の商家にまで犬飼育の肴費を負担させた。

いまでは犬を傷つけ、虐待した廉で死罪、遠島の者まで出るに及び、市井の人々に怨嗟の声が満ちていた。

それらの収容犬を一斉に市中に放って、お上である綱吉と柳沢吉保に一泡吹かしてやろうという企みであった。

その六郎太の企みが、奇くも赤穂浪士の吉良邸討入りの日となった。

「天は見捨てねえもんですぜ」

善七は踊り出さんばかりに六郎太に言った。


宿直の下人が寝しずまった夜半、棍棒と松明の得体の知れぬ曲者の手によって、犬屋敷の柵がこじ開けられ、放火とともに数万匹の犬の群が市中に追い放たれた。

下人は為す術もなく、仕切戸から外に跳び出す犬に狼狽するばかりであった。

犬も久方ぶりに味合う開放感に、思い〱に跳びはねながら夜明けの江戸市中に駆け込んでいった。

在府大名も、江戸城から遠い者は早朝から行列を組み、定められた御門に向かう。

白々と明ける江戸城下の辻々から、無数に飛び出てくる犬の群に仰天した登城大名の行列は至る所で大混乱となった。

その頃、六郎太と善七はお犬様恐さで右往左往する行列にほくそ笑みながら、本所松坂町の吉良邸近くに居た。

叫び声や撃剣のすさまじい響きが邸内に満ちていた。

雪はれて　心にかなふ　あしたかな

七十七歳にして、討入りの一員として加わる事の嬉しさを記(したた)めた堀部弥兵衛は、

「浅野内匠頭(あさのたくみのかみ)の旧臣、吉良殿の御首(みしるし)を申し受け、亡君の遺恨(いこん)を晴さんため推参(すいさん)」

と大声で叫び、

「五十人組右へ。百人組は左へ」

と討入った人数を過大に触れ回り張り切っていた。

表門隊、裏門隊が乱入した時、吉良の家士は、まさか赤穂の浪士が本当に討入るなどと、思う者は少数であった。

吉良側は死者十七人、傷者二十二人も出たが、赤穂の浪士に死者はなく、軽傷二人であった事を思えば、討入り前に勝敗は決まっていた。

だが吉良上野介の姿は見あたらず、浪士の焦りが最高潮に高まった時、怨敵は潜んでいた炭小屋で発見された。

「主君内匠頭の遺恨、浅野赤穂藩の正義を今こそ天下にお示し申す」

大石内蔵助の刃が深々と上野介を刺し貫いた。

やがて、邸内から勝鬨（かちどき）が上がった。

卯（う）の刻（こく）（午前六時）近くであった。

近くの回向院（えこういん）に浪士たちは引き揚げてきた。

しばらく回向院で休息し、上杉家からの追手（おって）を此の地で迎え討つ計画であった。上杉藩士の反撃を予測していたのであった。

「おう、脇坂六郎太どの、お待ちどう——」

と大声で着衣が襤褸（ぼろ）くずの大男が近づいてきた。

大乱闘を生きのびた匂いを体中に発散させたトッキッキの助四郎であった。

大石内蔵助も、笑顔で六郎太に目を合わせニコリと会釈をした。

トッキッキによると堀部安兵衛は、後事を託すと共に、諸々（もろもろ）の好意、援助をもらった人々への深謝の意を細井広沢（こうたく）に依頼するため、広沢のもとに走ったという。

六郎太は、それでこそ安兵衛どのと沈着な配慮に心が一段と安らぐ思いであった。

負傷者と老人を駕篭に乗せ、浪士一隊は大名総登城の表通りを避けて、吉良の首を槍先に掲げ、芝高輪（しばたかなわ）泉岳寺の浅野内匠頭の墓前に供（きょう）した。龍野淡路守の将兵が、藩邸前に整列し、大石以下に敬意を表した。

歓呼の道行きから少し後れ、堀部安兵衛と愛宕下の大目付仙石伯耆守（せんごくほうきのかみ）邸へ自訴した吉田忠左衛門らが泉岳寺に到着した。

「よう辛棒されましたなあ。上首尾（じょうしゅび）で万々歳でござる」

喜びを体中で現わした六郎太に、安兵衛は男泣きした。そして、

「貴公も、奇想天外（きそうてんがい）な犬公方（いぬくぼう）への仇討をなされたなあ。将に掛け合い屋でござるよ。厳しい詮議がござろうに」

と、犬の大放逐を見破っていた。

「いや、某（それがし）の仇討はこれからでござる。天に代って諸悪の根源柳沢吉保を必ず討ちまする」

六郎太の応えに安兵衛は、

「いや〱。さすがの犬公方もこの度の成りゆきの衝撃は大（だい）でござろう。柳沢殿もこれが後始末は並大抵ではござるまい。あとは天誅（てんちゅう）に任（まか）されよ」

「そうも参りませぬ」

言いはる六郎太に、安兵衛は笑った。

「それはそれとして、脇坂六郎太どの、これが今生（こんじょう）の別れにござる。良き友にめぐり合

えて、思い残すことなく、内匠頭様のもとへ参れる。後は細井広沢様と親しく相談を致されよ」

堀部安兵衛は溌剌とした足取りで、寺内に去って行った。

犬の群が町中に歩き回った事で、恒例の総登城は大混乱であった。

そうした折に、諸大名には次々と赤穂浪士の吉良邸襲撃によって吉良上野介が討取られた事が伝わっていった。

登城前に、吉田忠左衛門らの自訴によって討入りの詳細を知った大目付仙石伯耆守は、浪士達の周到な復讐劇に深い感銘を受けた。

祐筆の認めた聞き書きを懐に登城した伯耆守に届いた声は、

「譜代、ご家門からも、昭代の証である」

との賞賛の声ばかりであった。なかでも、寺社奉行、町奉行、勘定奉行と大目付で成る評定所が揃って出した赤穂浪士の助命嘆願書に将軍綱吉と柳沢吉保は苦り切った。

将軍綱吉は急な不快として、諸大名の前に姿を現わさず、驚愕と怒りで混乱の極みにあった柳沢吉保を枕辺に呼びつけた。

「吉保、何たる様だ。お犬屋敷のお犬が大挙し、町中に溢れ出たと申すではないか。あまつさえ、桂昌院様の叙位の仕上げ役の吉良上野介をむざ〳〵と斬殺されるなど、余の今日迄の政事を、一体、どうしてくれるのだ」

　さすがに吉保も返す言葉もなかった。

　吉良上野介を守りきる事が出来なかったばかりか、老中、諸大名、徳川一門までもが、先の浅野内匠頭と吉良の露骨な措置への批判が一挙に吹き上がっていた。

　さしも怜悧な吉保の頭脳も思考を停止し、次々と襲い来る妄想にさいなまれていた。

「おのれ慮外者（りょがいもの）奴ら。八つ裂（ざ）きにしてくれるわ。この柳沢吉保に逆らった者共の末路（まつろ）を思い知らせてくれる」

「お犬様を路頭に迷わせた罪は末代まで消えはせぬ。吉保の手で一日も早く、全頭を庇護いたさせよ」

　半狂乱の桂昌院の怒りを耳にした吉保は、犬役人の総動員を命じたが、数万匹の野犬の群に手の下し様もなかった。地団駄を踏んだ吉保は、言葉に出せない怨念に焼き尽くされていた。


　綱吉も、老中、若年寄だけでなく譜代、ご家門からも、赤穂浪士の吉良邸討入りを正当とする声が大きい事を、無視する気力も失せていた。我が世を謳歌していた将軍の面相も、一夜にして魂の抜け落ちた老人と化していた。

　幕府評定所の赤穂浪士に好意的な建言をただ一人、柳沢吉保が強硬にこれらを拒み、最

後の救いを儒学者荻生徂徠に救めた。だが、

「不甲斐なき吉良家はお取潰し。赤穂浪士は義を貫き、武士らしく死を望んでござる。武家法度、喧嘩両成敗こそ肝要にござる」

と浅野内匠頭と吉良上野介にとった、綱吉の処断を手厳く戒めた。

加賀百万石前田家に仕えた室鳩巣に至っては、初めて浪士を義士と呼び広めた。

熊本細川家十七人、松山松平家十人、長府毛利家十人、岡崎水野家九人と各藩に預けられた義士たちは、大名、旗本扱いの異例の処置で新しい正月を迎え、元禄十六（一七〇三）年二月四日、切腹の沙汰が幕府より命ぜられた。

「本懐の至りに存じまする」

大石内蔵助は、大名家細川、松平、毛利、水野四家の五十日にも及んだ厚遇にお礼を言上し、晴々と死に臨んだ。家老大石千五百石から五両三人扶持の討入りの面々が、全て直参並みの切腹が叶えられた事に満足した。主君の無念を晴し、武士の正義を通したという長い苦渋がやっと報いられたという満足感であった。


切腹の作法はうるさいものであった。

一丈（約三ｍ）四方に砂が庭先きにまかれ、辺り無しの疊二枚が並べられた上に、浅葱色木綿布団が敷かれた。その左右と後方に白木綿の幕を張りめぐらせ、後方の幕の切れ目

から切腹をする者が入って来る。幕の外に介錯人（かいしゃく）、介添人、片づけをする足軽七人と指図する目付役が控えた。定めの刻限に検使正副二人、同心が控えると切腹人が現われる。袴のもも立ちを高くとった介錯人は、刀を右手に持ち無紋の上下姿（かみしも）で、切腹人の席の筋違いの位置で待つ。白衣水色無紋、上下姿の切腹人が検使、介錯人に挨拶をする。

足軽のささげた水を飲み、三尺（約九十cm）前の三宝（さんぽう）にのせられている九寸五分（約三十cm）の刀を押しいただき、紙で巻いた真剣を左腹に突き立て右腹へ真一文字にかき切り、切先を上にはね上げる。それを見すまして、介錯人が首を斬り落した。

切腹を見届けた検使は月番老中の役宅に報告をする。死に臨んだ四家に預けられた赤穂義士のすべての切腹は終日に及んだ。役宅の老中はすべての検使の報告に労をねぎらい切腹の法定作法は終る。

切腹の終る頃、脇坂六郎太は細井広沢の屋敷で、

「誰も往ってしもうた。武士（さむらい）らしい武士が一人も居なくなった」

世の中の誰もが、価値のすべてを銭金に置きかえ、栄耀栄華に現（うつつ）を抜かしているくだらぬ世に一撃を加えた赤穂の武士が去ってしまった事に、六郎太は今さらながら大事な物を失った事に気づかされていた。

落涙を払うこともせず、広沢の注いでくれる盃を重ね、泣き声を上げながら寝入ってしまった。

大老柳沢の末路

生類憐みの令などの失策と柳沢吉保の専横ぶりは、取り繕う事の出来ない事態となり、綱吉と母桂昌院の権威は急速に地に落ちたが、赤穂浪士による吉良上野介への仇討ちは、仇討ち事件に止まらず、柳沢吉保に象徴される綱吉の治政そのものが厳しい眼にさらされていった。

万策尽きた柳沢吉保も再起出来ないまま、老中首座を去らねばならぬ事態に追い詰められたが、六代将軍家宣が決めた生類憐みの令の廃止に強硬に反対した。

「柳沢吉保、そちはもはや余の側用人ではない。何を血迷っておるのじゃ。下がれっ」

と即日、吉保は甲府への隠棲を命じられたのであった。

元禄は大石内蔵助らの切腹を見送るように幕を閉じ、宝永の時代となった。

だが新しい年号を、嘲笑かのように江戸は大地震に見舞われ、甚大な被害を受けた上に、大火となり、湯島天神や聖堂が炎上した。

市中では女巡礼が群行し、念仏講が広がり、幕府はそれらを闇雲に取り締まったが、

人々は、

「赤穂の義士を殺した祟りだ」

「人間様より犬畜生を奉った神の怒りだ」

と口々に幕政を軽んじた。

心身ともに萎た綱吉は、甥の徳川家宣を次の将軍と定め、最側近の柳沢吉保を甲府に遠ざけざるを得なかったのであった。

信濃と上野国境いの浅間山が大噴火をし、武蔵、相模、駿河一帯に不気味な富士山の鳴動が続く中を、吉保は悄然と甲府へ旅立っていった。


「尾花うち枯した、柳沢吉保殿を討ち果しても、武士だったお父上ももはや喜ばれますまい。吉保殿の末路は見えており申す。六郎太さまは若いのでござる。無益な殺生より、明日を見据た働きこそ、残された者の役目でござろう」

細井広沢は、六郎太の柳沢吉保殺しを強く諫めた。

「それでは武士の一分が立ち申さぬ。潔よく、散り果てた赤穂の義士に相済まぬではござらぬか」

思い詰めた六郎太を見て、広沢は呵々大笑した。

「潔よく死ぬるとは、明日に思いを託す。即ち将来を活きるという事でござる。怨念の果てに次の怨念を生むは、潔よしとは遠い世界と存ずる」

広沢は言った。

「柳沢吉保殿の白髪首は、やがて朽ち果てまする。が、見られたでござろう。たかが五十石、百石の義士の墓前には、今もってなお香華が絶えませぬ。これが世直しと申すものではござるまいか。一分をたて潔よく死して後世の灯になったのが赤穂の義士ではありますまいか」

六郎太は、昨冬の赤穂義士忌の芝高輪泉岳寺へ、名も無き人々の参列が終日絶える事がなかった光景が、まざ〱と眼に浮かんでいた。六郎太は赤穂義士の主君内匠頭の復讐劇の感銘は、己が気付かなかった一面を思い知る事となった。正義という言葉であった。大名、武士だけでなく、多くの庶民までもが赤穂武士を赤穂義士と賞めそやすのは、単に仇の吉良上野介の首を討ち復讐を成就させただけではない。苦汁の斬奸の信念だけではなく、復讐を成す事によって武家の正義を貫いたことであったのだ。主君と父の仇を打つと同時に六郎太と伊平には正義を成すことが肝要と思い知った。柳沢吉保を討つと共に柳生の悪の根を絶滅させ、綱吉の治政に幕を降させなくてはならない。

「武士の一分にござる」

脇坂六郎太の意思が、一層強固になってきているとみた佐々伊平は、

「潔よく共に討ち死いたそうか」

と六郎太との柳沢吉保襲撃に加わった。

柳沢吉保を暗殺などという陰湿な手法ではなく、正面から殺すという方法を二人は選択した。

吉保が帰国する街道の行列を迎え討つという背水の陣を引いた。

伊平の手下の忍者（しのびのもの）たちは、早々と先行して柳沢吉保一行の動静を次々と伝えてきた。

吉保は篭に乗り、騎馬武者十人、徒侍（かち）十人の内五人は長槍を持ち、弓鉄砲を持つものは無かった。国入りも幕閣の要職を辞した者らしく、軽装といえた。

甲府は江戸よりも三十六里（百四十四km）。富士山の鳴動は西に進むにつれて大きくなっていく。不安にかられた吉保は、内藤新宿から僅か四里の布田五ヶ宿で急に、

「蓮慶寺の角雲坊に千人町の手下を呼び寄せるよう申付けよ。余はこの寺に宿泊する」

と早々と宿泊を決めた。

蓮慶寺は吉保の隠（かく）し砦（とりで）のひとつであった。

伊平と六郎太は、二里ばかり甲府に寄った府中の近江屋に足を止めた。討手を精鋭の少人数に絞りこみ、吉保と対峙する事にした。

翌朝、二人は夜の明けきらぬ府中を立ち、三里先の八王子千人町を駆け抜けると、駒木野（こまきの）の関所を避け、南の高尾山道峠を抜け小仏（こぼとけ）に出た。

手練の精鋭に短弓を持たせ、

「決戦は小仏峠である。心して待て」

と指示をした伊平は、六郎太と小仏峠の中の茶屋付近を下見した。

浅間山の噴火と富士山の鳴動に恐れを成したのか、街道の往来は目立って少ない。

「どうなります事やら、明日にでも茶店を畳み、逃げ出しとうございます」

茶店の老爺は嘆いた。

「さもあろうのう。お山が爆発すれば、お江戸も大騒ぎであろう。桑原〳〵」

調子を合せる伊平の眼は、油断なく茶店の内外をうかがっていた。

下見を終えた六郎太が、そっと伊平に言った。

「峠の道より、小原寄りに三本の小さな川が流れ、十間（約十八ｍ）ばかりの板橋が最適でござる」

板橋上で、吉保の行列を分断し篭を挟み討ちと決した二人は、おふたの観音道を小松屋に投宿し、襲撃に備えた。

板橋の前後の樹間に手勢を密ませた伊平と六郎太は、袴の股立ちを取り、白い鉢巻き襷がけで橋の袂で吉保を待ち受けた。

やがて、吉保は騎馬武者二人を先頭に、槍徒侍で守られた四人に担がれた黒塗りの大名篭に揺られ板橋にかかった。吉保の行列をやり過ごし一の橋を崩す工作を丹念に施した車善七の手下が橋の桁下に密んでいた。

白刃を手に飛び出した伊平の後に、六郎太も父の遺刀鍔削ぎ清光を抜き払い仁王立ちした。

「狼藉者、何奴だ」

驚いて棹立した馬上で騎馬武士が叫んだ。

「柳沢吉保殿とお見受け申す。元高遠藩士脇坂六郎太でござる。主君と父頼母の仇討に推参仕った。篭から出られませい」

「同じく高遠支藩主保科正芳様家臣、佐々伊平。亡君の仇敵、柳沢美濃守の御首を申し受ける」

詰よる二人に驚いた駕籠かき四人が、ドスンと駕籠を投げ出した。

やにわに騎馬武士が、二人を馬蹄にかけ甲府城へ注進に及ぼうと駆け出した。

「うっ」と払い上げた伊平の刃に武者は足を切断され、木橋上に転落した。

すかさず駕籠脇に立った六郎太は、二人の徒士の腕を斬り落し、柳沢吉保を橋上に引き摺り出していた。

「手向う者は斬る。無用の殺生はやりとうない」

ドドッと砂ぼこりを上げた前の橋が崩れ、吉保の行列は四分五裂となり、うろたえる者たちに、会津藩の佐々の手勢の矢が降り注いだ。

伊平の威喝で怯まぬ槍徒士の足、腕が次々と板橋に散乱した。

残った騎馬武者は、闇雲に甲府城へ走り出そうとしたが、伊平の手下の短弓に射倒され、馬だけが駆け去った。

「柳沢吉保殿、いやさ父無し児のヤタローどの、命運は尽き申した。前非を悔いて腹を召さるもよし、斬り死になさるも良し。この脇坂六郎太、いか様にも掛け合いに応じて進ぜよう。ご返答如何に」

爛爛たる六郎太の眼光に、射すくめられた吉保は、わな〳〵と震えながらか細い声で、

「いま、父無し児のヤタローと申したか」

と尋ねた。

「そうさ、赤穂の父無し児のヤタローだ」

六郎太の確信に満ちた返答に、吉保は、

「くっくう――」

と肩を震わせ泣いている様にみえた。

意外な展開と、伊平とその手下のすさまじい手の内に、吉保に付き添う家士たちも、呆然と立ちつくしていた。

「やはり、柳生の埋め草ヤタローは、柳沢吉保殿、そなたであったか」

「――」

吉保は何も応えなかった。ただ無言で肩を震わせていた。幼い頃、どこの地か定かでないが、父の無い自分が悪童たちに、父無し児のヤタローと苛めに合った記憶が鮮ってきた。

六郎太はいった。

「父無し児のヤタロー殿にお教えいたそう。そなたの母竹殿と、祖父、赤穂加里屋の町年寄平左衛門の墓は、柳生の庄芳徳寺の無縁墓地に眠ってござる。心あるならば、懇に供養なさるが人の道でござろう」

「ええっ。それでは余の命を救って呉れるのか」

吉保の顔に笑みが戻ろうとした刹那、

「えい」

気合いもろとも、柳沢吉保の髷が吹き飛び、白毛混りの髪がバサリと落ちていた。返す刀で吉保の右足ふくらはぎの腱が切断されていた。

吹き出る血潮の中で、吉保は無言でうなだれていた。

「吉保殿、そなたの母竹どのの供養が済むまで命を預ける。それが、悪逆非道の柳生の草として、人の情理を無にして生きてきた、幼い父無し児ヤタローへの、せめてもの脇坂六郎太、佐々伊平の手向の香華じゃ」

伊平も黙って六郎太を見返していた。

「如何に権勢を誇ろうとも、われらは武士として武芸者として怨敵柳生の鬼畜生どもを成敗してきた。

最後のそち如きを始末するは造作もない。しばし命を預けてやろう。傷の手当を急がれよ」

小仏峠の茶屋で一息入れる眼前の富士の山は、今にも張り裂けんばかりに山腹を震わせていた。

江戸に帰って十日後である。

宝永四（一七〇七）年十一月二十三日の未明、すさまじい稲妻と雷雨が江戸の空を襲った。

ついに富士山の大噴火であった。

昼間でも灯火を必要とする、自然の猛威は、黒い灰と、こぶしほどの噴石が江戸市中に降り注いだ。将軍の母桂昌院の三回忌法要も綱吉の意に反しお粗末な催しにならざるを得ず、母想いの綱吉は一段と衰弱した。

武蔵、相模、駿河の大被災に幕府は為す術もなく、各藩に百石につき二両という莫大な国賦課金を申し付けざるを得なかった。

江戸の市井にとどまらず、全国の大名、領民の怨嗟の声が満ち溢れた。

即刻、悪評高い生類憐みの令は、六代将軍家宣の名のもと廃された。

仲々癒えない傷を押して、柳沢吉保が僅かの供とともに、密かに柳生へ旅立った事を、伊平から知らされたが、六郎太は何も言わなかった。

杖にすがり僧形の男が、絶大な権勢を振るった怨嗟の的であった、柳沢吉保である事を知る者は少なかった。

だが六郎太には、杖にすがり痛みを耐え、一歩づつ柳生へ向かう吉保が、父無し児ヤタローに帰ろうとする悔悟の姿の様に思えたからであった。

明君の資質を期待された、五代将軍綱吉であったが、史上最悪の悪評のもと宝永六（一七〇九）年死没。

柳生の庄は遠かった。

芳徳寺境内は、深閑とし人影は見えなかった。辿りついた僧坊から、痩せた僧が姿を見せ、驚きの眼で吉保を見詰めた。

「義丹――」

「ヤタロー、吉保か」

しばらく二人は手を取り、肩を抱き合い言葉が出なかった。

「地獄を見たようだのう、ヤタロー」

やっと言葉を出した義丹の声音は、意外にも優しかった。

脇坂六郎太に右腕を斬り落とされ、柳生に隠れ住んだ義丹の日々は、六郎太憎しの復讐の一念で、隻手剣法に明け暮れた。

そんな日々に、ふと眼に止まったのが、何の変哲もない一人の歳老いた墓守りであった。老爺は雨の日も、風の時も欠かさず黙々と立ち並ぶ多くの墓石を丁寧に清掃をし、雑草を苅り、水を供えた。が、ことのほか義丹が不審に思ったのは、法名を刻まれない自然石の墓石であった。

老爺は小声で、

「成仏なされや。極楽へ行きなされよ」

呟いて優しく撫でさすっているのである。

「爺、その野墓は縁の者か」

「いや、縁もゆかりもございませぬ。首なしの男と女でのう。寺に投げ捨てられた死骸を、わしが埋め野石を立てた。そりゃ哀れな事でのう、連れられた児は何処に行ったか線香を上げる者もない、名も知らぬ仏じゃ」

義丹は忽然と思い出した。

「あの祖父と母であったのか」

春日大社から春日奥山の樹林に立ち入った、幼児づれの三人は柳生の庄に向け足も軽く歩いていた。

渓谷の暗い石畳、そこかしこに刻まれた磨崖仏も、ヤタローには不安はなかった。

「ヤタロー、もうじきに父御に会えるぞ」

爺の声も明るかった。

と、突然、すれちがった農夫二人が、抜く手も見せず、爺平左衛門と母竹の首を打ち落とした。

その後、ヤタローの記憶は定かでないが、武家屋敷を転々として育った。

その話を耳にした頃から、義丹の心に変化が生じた。己の心に生じた何ものかに大きく戸惑った。

数十年にも及ぶ由縁なき無縁墓に、優しい無償の施しが続けてこられた。変哲もない老墓守りの日々の姿に、義丹は何故か自分は敗れたと感じた。人を斬ることが唯一の生き方と信じてきた生涯に義丹は初めて戸惑っていた。

その日限りで、義丹は刀を手にする事が無くなった。

「おや、ヤットーをお止めかね」

寺男の不審顔に義丹は何も応えなかった。

以後、義丹が二度と刀を手にする事がなく、ただ黙って老墓守りに従い墓地の苔を拭い、雑草抜きに没頭した。

いつしか義丹の心の中から、六郎太への怨念も復讐への狂気も失せていた。

「わしは無間地獄から解き放たれている」

その様に思える様になった或る朝、ふと気付くと老墓守りが、無縁仏の前で蹲まる様に息絶えていた。

義丹は、初めて死人を埋めることの荘厳さを知った。

自分もこの場所に埋められ、墓石もない野石で良い、ただ土に還えるのが似つかわしいと思っていた。


そうした時、奇しくも義丹の前に吉保が現れた。

天下の権勢をほしいままにした吉保、比肩すべきもない殺人剣で悪逆非道ぶりを発揮した裏柳生総師義丹の叔父、甥の二人は、奇しくもヤタローの祖父平左衛門と母竹の縁で芳徳寺で再会した。

幕閣の頂点で権勢をふるったヤタローこと柳沢吉保と、それを知る事もなく、無縁仏として芳徳寺に眠る祖父と母の謀殺を熟知している義丹には、その家族の天と地の非情な落差、罪深さに慟哭する思いであった。

芳徳寺で名も無い墓石に辿りついた吉保は、二百段に余る石段を義丹と共に日参した。寄り添う義丹の心の痛みが手に取る様にわかる吉保でもあった。

一汁一菜の貧しい糧しか口にせず、吉保は自ら衰弱する事を求める様に、不自由な体に鞭を打ち義丹に従い墓参に明け暮れた。

見かねた義丹が俄小屋を設えたが、それからの吉保は、僅かの粥しか口にしなくなり、祖父と母の野墓の前で四六時中、幽かな声で唱名を呟き数珠を繰る日々を送った。が、粥も口にせず僅かな清水を美味いと嬉しがった。

「これは坊主の切腹じゃのう」

と義丹が呟いた数日後、柳沢吉保は平左衛門と母竹の墓石の前で膝を屈し、祈る姿勢のまま息絶えていた。

「満足そうな死顔じゃ。母と祖父の処へ行きたかったのであろう。寛(くつろ)いでゆっくり休むがよい」

母と祖父の隣に穴を片腕で掘り、吉保を葬った時、義丹の頬には汗にまみれた涙の跡があった。

六郎太のもとに一通の書状が届いた。

厳重な柿渋紙を解くと、脇坂六郎太殿、佐々伊平殿と墨痕鮮かに柳生義丹の名があった。

そこには、柳沢吉保が一人の人間、赤穂のヤタローとして生まれ代り大往生を遂げた事が記され、末尾に、

「この書状がお手許に届くころには、柳生義丹も一介の武士として切腹をして果てているであろう。腕一本とはいえ、見事に腹十文字にかっ捌(さば)いて見せましょう」

と、柳生義丹らしい言葉で結ばれていた。

六郎太に開示された義丹の書状を目にした佐々伊平は、

「全て一件落着。という事でござるのう」

と遠い処を見るかの様に呟いた。

しかし、六郎太は翻然と高鳴る内なる声の閃きに胸を熱くしていた。


海へ――。

正徳四（一七一四）年、若葉の萌えさかる五月、脇坂六郎太は妻女と一男二女を伴い品川沖に立っていた。

車善七がいった。

「六郎太さまの生計(たつき)、掛け合い屋の看板は此の車善七が、細井様の指南を仰ぎながら立派にお守りいたしやすぜ。ねえ、旦那。そうでがんしょ」

笑って頷く広沢に代って、

「そうでがんす」

と勇よく臥煙の権太郎が返事をした。

「博多では大賀屋の九郎兵衛どのが、お待ち兼ねでござろう。心おきなく江戸を離れて、広い南蛮の地で学ばっしゃれ。いつも南蛮を気にかけておられた、亡き水戸のご隠居は、さぞ羨ましがられるでござろう」

細井広沢の餞別の言葉に、佐々伊平も涙を堪えて頷いた。

はるか沖合いに、三本帆柱の大賀屋の大船の姿が見えた。

「それにしても、六郎太様は、修行につぐ修行のお人でござるわ」

備前屋唐五郎の軽口に、

「まことに左様でございますねぇ、出羽の紅花畠も、きっとそう思っておりましょう」

千春のひとことに、六郎太は来し方の青春の日々が忽然と甦（よみがえ）った。

「そうだ。まだ見ぬ地への旅立ちだ」

沸々と湧き上がる思いに「あの時とは違う旅立ちなのだ」、新たな出発だと思った。

「左様、脇坂六郎太は未だ〳〵若者でござった」

と手にした鉄込杖を、ドンと突いた。

艀（はしけ）の姿が見えなくなるまで、江戸の友人たちは声を上げ、手を振り六郎太一家に名残（なごり）を惜んでくれた。

「父上、水ばかりでございます」

初めて海を見てはしゃぐ児たちに、六郎太は一層の慈しみを覚え、ひしと三児を抱きかかえていた。

妻の久栄が、にっこりと微笑み返した。

まだ見ぬ南蛮の地だ――。

洋々と広がる南の海波の中に、六郎太は果てしない夢想の世界を見ていた。


（完）

参照文献

角川日本史辞典　角川書店
有識故実大辞典　吉川弘文館
日本史総合年表　吉川弘文館
江戸・町づくし稿　青蛙房
赤穂義士辞典　赤穂義士事典刊行会
全国方言辞典　東京堂
新版　色道大鏡　八木書店
江戸の刑罰　中央公論社
大名の日本地図　文藝春秋
江戸吉原図絵　三樹書房
江戸の町　中央公論社
賤ヶ岳の戦い　学習研究社
脇坂淡路守　龍野歴史文化資料館
ヒガシマル醤油社史　ヒガシマル醤油㈱
五街道細見　青蛙房
たたらと村　協和印刷
武士の日本語　草思社

伊吹　昭（いぶき　しょう）

著書に、郷土の歴史を題材にした時代小説『孤高の系譜』（文芸社＝後に文芸社文庫に収録）、『いろはにほへと』（神戸新聞総合出版センター）、『裏天下人・宇喜多秀家』（風詠社）、『任侠忠臣蔵　おとこにて候』（風詠社）、『明王赤松円心　風雲 白旗城』（風詠社）がある。
兵庫県在住。

鍔削ぎ剣法　六郎太が行く

2021年10月8日　第1刷発行

著　者　伊吹　昭
発行人　大杉　剛
発行所　株式会社 風詠社
〒553-0001　大阪市福島区海老江5-2-2
大拓ビル5 - 7階
TEL 06（6136）8657　https://fueisha.com/
発売元　株式会社 星雲社
（共同出版社・流通責任出版社）
〒112-0005　東京都文京区水道1-3-30
TEL 03（3868）3275
印刷・製本　シナノ印刷株式会社

ISBN978-4-434-29561-4 C0093